你做得很好了，一切終將會更好

鄭榮旭 著
王品涵 譯

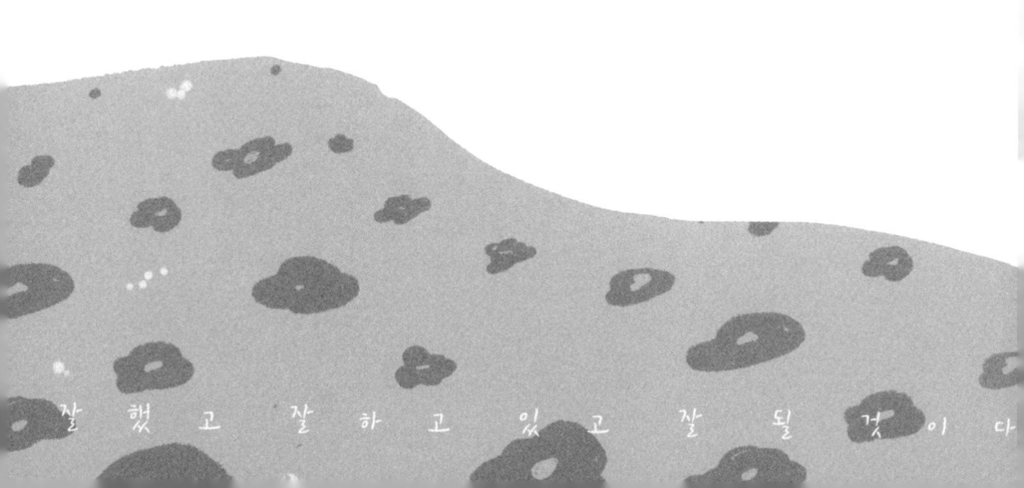

序／

即使一路以來堅持得再好，也可能在轉瞬間變得岌岌可危。即使看似抓緊了一切，有時心仍會應聲墜落懸崖。明明一帆風順，卻莫名感覺有什麼壞事要發生。明明愛得好好的，卻在漫長的深夜時分被寂寞包圍。就算不曾發生過任何事，我們也會像這樣突然陷入負面情緒中。

每當這些危機到來時，我都會試著在內心誦念魔法咒語。「過去做得夠好了，現在也做得很好，一切終將會更好」。告訴自己一切都會好起來的。

等一下，我們的心怎麼可能沒有發生任何事就突然墜落、感覺快要崩塌？仔細想想，確實如此。就算沒有任何人傷害我們，也沒有發生任何急迫的事，但只要一想到未來的煩惱，我們就會在一瞬間墜落。即使此刻沒有任何事情發生，我們的內心也會不知不覺地顫抖。可是，明明一切都好好的啊。

因此，可以這麼說——就算現在不太順利，接下來也會變好。就像沒有發生任何事，生活也會崩塌一樣。那麼即使生活正在崩塌，我們也能若無其事說出「一切都會很好」。

說出來吧。或許昨天的某件事讓你有些膽怯，但你已經做得夠好了；就算今天你做錯了什麼而搞砸了某些事，你也做得很好；縱然明天的天大煩惱現在無法解決，一切終將會更好。就算我沒這麼說，你依然可以自信地說出來。試著念一念魔法般的咒語「無論如何都會很好、很好、很好」。正在做的事是如此，關係是如此，愛也是如此。無論是那些容易讓自己崩塌的各種煩心事、那些自己捧在手心裡的珍貴東西、那些讓自己痛苦萬分的一切——

過去做得夠好了，現在也做得很好，一切終將會更好。

這裡的故事，是我的故事，也是你的故事。

我們都一樣面對困難生活著，

但即使再辛苦，依然不會崩塌。

再說一次。過去做得夠好了，現在也做得很好，一切終將會更好。

（為了增加共鳴，本書將隨文章內容改變敘述者與文體。）

目次

2 在生活中堅持著

3 好關係，壞關係

4

關於愛，與離別

1

從過去到未來，我始終支持著你

釐清究竟遭遇了什麼困難前，
我想先對你說一句：
沒事了，
一切都沒事了。

無條件的安慰

你一定很辛苦吧。忙得不可開交，也趕著向前狂奔，因此跌倒了，摔破的傷口隱隱作痛著。後來，甚至連重新站起來都覺得好累。無暇輕撫生病的心，於是走著走著，灼痛的地方又再次受傷了。我不認識你，不知道你發生過什麼事，也不了解你有多辛苦……儘管如此，我依然想對你說聲「辛苦了，一定很累吧」，依然想說聲「一切都會沒事的，會好起來的，將來會發生更多好事的」。

釐清究竟遭遇了什麼困難之前，我想先對你說「沒事了，一切都沒事了」。因為，有些安慰不附帶任何理由才更溫暖；因為，有些鼓勵即使不明白情況多麼難熬也能激勵人心；因為，光是知道有人像這樣在遠處支持著你，便能帶來力量。即使你我根本不認識，即使你我這輩子都不會見到對方。

從未在任何地方見過面的我們，就這樣一直支持著彼此。

你不妨也試著理解自己並支持自己吧。不妨也把我對你說的這些話，說給自己聽吧。不妨對自己稍微寬容些吧。因為，支持自己不需要任何理由或名目，鼓勵自己不需要太過苛刻。「我真的辛苦了、盡力了，所以才會這麼累」。我希望你能擁有理解自己，並無條件支持自己的勇敢人生。

每一句安慰都可以是無條件的，對自己來說更應該如此。

現在就請對自己說：「我真的辛苦了。沒事的，一切都會好起來的。」

人造衛星

當苦澀或空虛的情緒湧現時，我會抬頭仰望天空。看著日落月升，才意識到今天的自己又在不知不覺間度過了辛苦的一天。從小就格外喜歡發光物體的我，只要見到夜空中閃爍的星星，原本憔悴難受的心情便會瞬間豁然，得到撫慰。或許我今天特別幸運吧，夜空中正閃耀著撫慰我的星光。忽然間，我停了下來。想起了一件忘記在哪裡聽過的事：像最近這種空氣不好的日子，根本看不見星星，所以在那裡一閃一閃的，極有可能是人造衛星。

這真是一點也不浪漫的無聊事。那些閃閃發亮的東西，竟然只是在天空中轉來轉去的人造衛星？這個事實，真沒意思。就這樣，我愣愣地盯著天空……頓時有個念頭掠過腦海：「反正不都是閃閃發亮嗎？」雖然想到自己雙眼看見的星星有可能是人造衛星，整件事突然變得不值得一提，但只要相信那一閃一閃的是星星，自然又會變得值得看一看。正因我不願相信人造衛星的事實，所以今晚依然是個浪漫的夜，依然令人歎為觀止。

這個想法滿實用的。也就是說，大可去相信它與看見它。這個世界充滿太多自己無從得知、無法解決的事。當鬱悶與空虛感襲來時，大可試著以仰望人造衛星猜想那是不是星星的心情，來看待這一切，內心似乎就會舒坦不少。在生命中關於渴望的單字：「希望」、「夢想」、「期待」之前，往往佇立著「雖然」二字；那麼可以在失望之前，放上「就那樣」。於是，我們可以這樣想：「雖然……儘管如此……就那樣……就夠了吧……。」

這樣想的話，那些閃閃發亮實在令人驚嘆。那些一點也不浪漫的東西、轉著轉著就會消失無蹤的東西，竟然撫慰了我狼狽的一天。

雖然今天和往常一樣辛苦，儘管如此還是就那樣順利度過了，這就夠了吧。光是這點，便足以成為耀眼的一天了。

人生低潮時該牢記的事

1. 請記得，人生就是無論做了什麼選擇，依然只會伴隨無止境的後悔與遺憾；絕對不是只有我自己老是在後悔。時不時質疑自己的選擇，可謂是人類的天性。

2. 當身邊出現在某些領域比自己優秀的人時，與其邊比較邊退縮，不如邊比較邊學習。一定會有「只有我」才擅長的事；換句話說，別人也一定有「只有他」才擅長的事，因此這樣的比較根本沒完沒了。

3. 就算遇上找不到解決方法的事情也沒關係。有時，不妨就放手、放棄吧。即使是自己無法解決、棄守的事，曾經為了找到解決方法而付出的努力，終將成為滋潤人生的養分。有辦法說聲「吼！我不管了」，然後開始休息，也是一種了不起的能力。

4. 雖然今天又笨手笨腳地犯了錯，也要感謝好好撐過來的自己。越是這種時候，越是該保護自己，而不是對自己失望。試著告訴自己：「有辦法撐過那些苦難是多麼艱難的事啊，我真的好棒！」

5. 年紀越大，明明心知肚明卻裝得毫不知情的事越是多不勝數。不是因為我不夠成熟或不夠勇敢，而是假裝不知道地退讓，內心反而更輕鬆。將心情放輕鬆而儲存下來的能量，帶到其他地方去用吧。

6. 人一旦沒有自信，就連原本可以做到的事也會變得做不到。好好吃飯，然後勇敢向前吧。那點小事又怎樣？就算快死了，也不要失去自信。

今天也是笨手笨腳，
重複犯下相同的錯。
依然要感謝好好撐過來的自己。
我，
真的辛苦了。

致我最大的敵人

「我是自己最大的敵人。因為把我折磨得最痛苦的人，就是我自己。」

在那段搖搖欲墜瀕臨崩塌的時期，我寫下了這段話。

仔細想想，的確如此。我既是把自己折磨得最痛苦的人，也是讓自己感到最快樂的人。如果我覺得難受，最大的原因是我；如果我覺得快樂，最大的原因也是我。沒了我，便什麼也折磨不了我；沒了我，便什麼也取悅不了我。我所出現的情緒反應，必然源於自己所面對的情境。

尤其當我對明明不必難受的事感到難受、對於難受也解決不了的事感到難受時，那就真的是我自己的錯了。因為恐懼而無法放棄、因為不肯放手而懊悔、因為明知無法挽回卻依然嘗試挽回，歸根究柢都是出自於這個名為「我」的強敵。這是完全怪不了情況，也怪不了別人的事。尋遍四處找出的罪魁禍首，往往就是我自己。

當明明知道這個事實卻依然無法停止折磨自己時，務必牢記幾件事。

只為值得憂慮的事憂慮，
只為值得煎熬的事煎熬。
既然我能傾注的情感與努力有限，
讓心好好休息，才是最有生產力的事。

值得放棄的事，盡情鬆手。
堅持放棄會後悔的事，盡情受傷。
這種時候不是世界末日，
只是短暫的多雲偶陣雨，
晴天終將到來。

不要漠視將自己變成強敵一事。

雖然是我將自己變成了敵人，

但我在成為自己最大的敵人之前，也曾是自己最好的朋友。

交給明天的自己

提及「激烈」時，腦海中會浮現哪些詞彙？通常是「競爭」、「搏鬥」、「渴望」等。除了這些，也會讓人聯想到跌落深不見底的懸崖的感覺，像是進退兩難、背水一戰之類的成語。意味著置身於幾乎無路可退，必須奮力一搏的情況。

然而，仔細想想，生活在現代的你我，其實沒有什麼需要進退兩難或背水一戰的情況。不用綜觀整個人生，光是今天也是如此。我不再需要每天過著激烈搏鬥的生活，我的眼前早已不存在會威脅生命安全的敵人。最重要的是，我還有個牢靠的盟軍——明天的自己。嗯，冷靜想想的話，明天的自己真的是超級牢靠的盟軍。就算今天的我過得再怎麼吊兒郎當，明天的自己也會解決這一切。

至少讀完這篇文章的今天，可以不用再激烈地拚命，好好相信明天的自己。事實上，即使現在拚命也不代表問題會得到解決，那麼今天先付出一半的激烈，明天再付出一半的激烈，距離完全解決問題也僅有一天之差而已。我並不會因為晚了一天，就陷入地獄深淵。

我知道，我們不可能每天都抱持這種想法度日。只是，至少正在讀著這段文字的現在，我決定不負責任地將一切託付給明天的自己。因為，我的人生就算如此也不會有太大的分別。恰如一天一天的累積堆疊成人生，但任誰也不會完全牢記每一天。因此，即使暫時把一切託付給明天，人生也不會因而出現不可抹去的汙點。

所以，至少就把今天交給明天的自己吧。

知道的越多，人生就越黑暗

請試著想想「ㄢˋ」這個字。不論是指疾病的癌[1]，或「暗黑」的暗。韓文中不少詞彙是源於漢字，而關於「ㄢˋ」這個字的正面意思少之又少，甚至可以說根本沒有。正如同字面上的意思，暗代表的是憂鬱、負面。不覺得很令人憂鬱嗎？難受時，不覺得看了很令人窒息嗎？

然而，不妨再試著想一想，假設對著牙牙學語的孩子說「ㄢˋ」，又會是如何呢？結果反而變成發音時得闔上雙唇的正面詞彙了。像是「嗯，做得好」；或是因為這個字的韓文與「媽」類似，自然會把這個字與「支持自己的人」聯想在一起；抑或是，根本沒有任何想法。正因為不了解，所以才會出現傾向正面或中立的想法。

學習就是這麼回事——可能從此過著將積極正面的一切，轉變成消極負面的人生，可能學得越多越容易墜落，也可能連沒什麼大不了的事都難以接受。知道的越多，人生就越黑暗。

我們不是不知道讓自己難受與憂鬱的原因，而是因為知道太多了。恐懼、鬱悶、疲憊、悲哀的原因，就是因為活著，以及勢必得在這樣的生活中不停學習著。換句話說，負面情緒實際上也證明了你活著，並且在學習著。

煎熬，但依然得活下去啊；知道了很多事，但依然得走下去啊。動一動全身的肌肉，別停下來啊。當這樣的我們處在艱難的時刻，千萬要牢記「知道的越多，人生就越黑暗」的道理。當人生暗無天日時，大可肯定自己原來還好好活著。

因為，人生就是知道的越多就越煎熬，卻回不去什麼都不知道的從前。

1 譯註：此字암於韓文發音為Am，音同「癌」字。

因為，活著就像是一種難以治癒的惡疾，
每個人都在過著猶如罹患不治之症的人生。
知道的越多，負面能量也出現得越頻繁。
置身其中洞悉一切的你，辛苦了。活著的你，辛苦了。為了戰勝這一切，你盡力了。為了忍耐而努力，你盡力了。

今天啊，該是告訴一直沒有裝作不知道而繼續前行的自己：
你辛苦了，盡力了，稍微休息一下也沒關係。你已經知道很多了。
如同我支持你的學習般，我也會支持你的休息。

正在成為還不錯的人

「唉……為什麼都記不起來……。」

面對考試近在眼前而不停唉聲嘆氣的我，好希望自己的頭腦可以像電腦一樣。這是很多人都曾有過的想像：「如果我的頭腦可以像電腦一樣就好了。」此時，朋友說道：「那麼了不起的電腦，還不是靠人類在控制。」求學時期的我們，透過諸如此類的玩笑話，來忘卻難熬的現實。

隨著人工智慧日益發達，每當看到關於電腦說不定有一天會控制人類的影片時，我也不禁好奇那一天到底何時會到來。只是，我很快就給出了否定的答案：不會有那一天。我相信人類擁有的經驗力量。對於人類來說，有些東西是怎麼也無法抹滅的。因為自己一時失誤而破壞的事，最終化成記憶中抹不掉的創傷，所以下次不會再犯相同的錯誤；別人犯的錯也有類似效果，因此我們會盡可能避免發生相同的錯誤。一旦刪除了，電腦便不會再記得任何東西，但無論我們怎麼刪除，仍會在類似情境中再次回想起同件事。多虧了這些經驗，人類才不會被控制。

我今天也會在某個地方犯錯並受傷。即使不是我的錯，也會對某些事情留下深刻的印象。我會皺起眉頭，只是，那又如何呢？無法輕易抹滅的，終將成為經驗。這些事可能會鬧得更大些，變成了一種考驗，或是帶來了失敗。只是，那又如何呢？總之，一切都會化作無法抹滅的經驗。而我，會再次將其視為滋潤自己的養分，繼續向前行。

當然，這麼想並不會讓困難消失不見。是啊，就算腦袋再怎麼清楚，辛苦也不會有任何改變。不過，正因為此刻的你依然在呼吸、在犯錯，然後為此後悔、痛苦，於是你才得以成為一個更不錯的人。確切來說就是，吃得苦中苦，方為人上人。沒錯，這是電腦絕對做不到的事——你會不斷成長，邁向更好的方向。

雖然我們笨手笨腳，卻成為了還不錯的人。
在汲取經驗的過程中，成為了有價值的人。

這是今天即使犯了錯，
也能安然度過的藉口。
這是今天即使累壞了，
也能讓自己堅持下去的藉口。

關於愛自己

1. 好好了解自己

愛自己，指的不是抱緊自己、撫慰自己，而是要最了解自己。這意味著知道什麼時候該擁抱自己、什麼時候該鞭策自己。簡單來說，像是了解我喜歡什麼樣的氛圍、我覺得什麼樣的故事有趣；進而了解我擅長什麼事、我想遠離哪種人；再深入了解我的缺失何在、我真正的價值觀為何。從最容易被忽略的部分開始認識「我」這個人，從被自己漠視的部分開始認同「我」這個人。所謂的愛，其實就是全面而完整的了解。

2. 愛自己與高自尊截然不同

擁有高自尊並不意味愛自己；過於自信也不意味愛自己。儘管這些東西有可能隨著愛自己而自然產生，卻不代表只要滿足了這些條件就等於愛自己。在不了解自己，也就是不愛自己的情況下，過度自信與高自尊反而容易擊潰自己。因為那不過是毫無根據的自信與自尊罷了。

3. 不要對自己失禮，要遵守最基本的禮貌

即使是被迫，我們也會禮遇與肯定他人，但對自己怎麼就是做不到呢？對自己的不尊重，往往源於對自己的不信任；而對自己最基本的禮貌，是來自對自己的信任。這不只是沒來由的自信感。有時，必須堅信自己能做得到。如果連我都不相信自己，那麼誰也不可能會相信我。

4. 目中無人不等於愛自己

所謂的自主人生，並不是排斥他人，只想到自己；而是在懂得環顧周圍的同時，也能將自己置於中心。一旦誤解了自主人生的意義，有時就會變成自私的人。不妨以觀看「自己上傳的文章」的態度，體現何謂自主人生。在

文章底下，偶爾會出現與自己意見相左的留言。此時，請仔細確認並從中找出值得學習的部分，而不是假裝看不見直接跳過。對於惡意評論，我會有所選擇地篩選。我也會欣賞正面評論，受到感動。重新閱讀一下自己的文章，並讚嘆自己。這些將會成為自己人生中最恰到好處的自主性。

5. 唯有達成某些事才能自我肯定，並不是真正的肯定自己

讓我們來看看字典如何定義「自信」：有相信自己的感覺。感覺，是主觀的心態，並不意味要透過達成偉大的成就才能獲得。肯定自己，亦即對自己的存在感到自信，並不是只有成就某些事後才能擁有這種感覺。對自己感到自信吧。即使是沒有完成任何壯舉的自己，也很值得驕傲。請務必記住，為自己感到驕傲，將會成為滋潤生命的潤滑劑。唯有以自己為傲，才能為自己所做的事感到自豪；唯有以自己為傲，才得以欣然接受其他人的驕傲。

未來

有時，「未來」的存在很折磨我。無論現在面對什麼阻礙，只要清楚還有更多的未來正在等待著自己，內心確實會舒坦不少。但此刻眼前已充滿阻礙，未來可能還會有更多挑戰，這件事其實也很令人窒息。前方這堵名為「未來」的無法跨越的高牆，將一直以來活在夢想之中的我帶回了現實。真的好殘忍，未來有夠殘忍。稍微思考了一下「未來」這個詞。黑漆漆、各式各樣的阻礙……不知從何時開始，未來變成了我無法忽視的障礙。光是有「未來」這件事都像是扯著我的後腿一樣——未知的龐然大物阻礙著我，認為未來會比現在更艱難的想法控制著我。雖然曾經憧憬著未來，幻想著更好的明天，但不知從何時開始，我開始描繪出一個灰暗的未來。直到現在，我才懂了這個世界嗎？不，或是到了此刻我仍然這麼不懂這個世界嗎？難道是我過去太小看這一切了嗎？

我開始對未來產生恐懼，而且現在恐懼變得加劇。但更令我恐懼的是，我恐懼著覺得恐懼的自己。不知從何時開始，在我的未來裡，似乎只存在著死命掙扎的自己。未來、未來、未來的未來，永無止境。未來會一直有未來，而我也會持續恐懼。我恐懼著自己以後也會一直恐懼下去。

當想變好卻無法好起來的時候

有時候，即使想變好，卻無法讓自己好起來。有些日子，以為只要吃了冰箱裡的香甜蛋糕，心情就會好起來，但吃下一大口後，眼前仍是一片黑暗。有些日子，以為只要整理一下凌亂的房間，就能轉換心情，但散落在房間四處的過往回憶，卻狠狠踩踏我的心。或許睡一覺起來應該就沒事了吧，躺上床後卻翻來覆去。朋友在這個時候打了電話過來，當下心情不太好的我只回了句「之後再打給你吧……」便睡著了。起床後，窗外是一片黑漆漆。朋友傳了訊息表達自己的難過，我當然不是因為討厭他才選擇逃避。漆黑的景色，加上無謂的誤會，憂鬱暈染了整顆心。就在此時，爸爸打了電話過來。我接起電話。抽菸的人大概不明白吧，別人光是從呼吸的聲音就能知道，一個人講電話時是不是正在抽菸。

「爸，你在抽菸嗎？」我問。說了這句話後，爸爸似乎停止了抽菸。

「爸不是早就戒菸了嗎？幹嘛又抽啦？」我說了他幾句。爸爸說：「壓力吧，你就放過我一次啦。」

或許，爸爸也是一樣。努力假裝沒事，卻無法好起來，結果讓事情變得越來越糟。於是，再次點燃了曾堅定承諾過不再抽的菸，或許唯有如此才能正常呼吸吧。爸爸也是忽然想起我，才想問問我的近況吧。一想到這裡，我覺得好後悔。我應該假裝不知道他在抽菸的，我這麼做可能堵住了爸爸唯一的氣孔。在對話間，我的眼淚突然不受控制地湧出來。怎麼偏偏是這個時機點……。爸爸又抽起了菸，這讓我明白，他面臨比我更漫長的苦痛，儘管一直試著讓自己變好，卻無法好起來。

如同我感受到爸爸在抽菸，爸爸也同樣感受到我的哽咽。於是，爸爸沒有阻止想要匆匆掛斷電話的我。他沒有追問我「為什麼在哭？」「發生什麼事了？」掛斷電話後，我哭了好久好久，感覺心裡舒坦了許多。也許是爸爸替我打開了氣孔。無論多麼努力想要好起來卻無法好起來的我的內心，終於照進了一絲光線。微弱的光穿過我心中的烏雲密布。漆黑的窗外，月光隱隱映照著。

最近，儘管再怎麼努力，結果總是不如意。面對錯綜複雜的事情，讓人不由地深深嘆口氣。不過，每當見到與自己一樣的人，分享著相同的苦痛，然後大哭一場，心情就會稍微舒坦些。

現在，對於人生，我依然感到不確定。但我敢說，一切都會好起來。儘管無法完全順心，卻總會在意想不到之處獲得療癒與希望。

就算不刻意假裝沒事，一切也都會好起來的。因為雖然每個人都有所不足，但都有著一顆想要做好的心，也有著一顆渴望成為好人的心。真的，一切都會很好。在擔憂中存在著愛；在煩惱中有著目標；在掛慮中充滿著心意。因此，即使沒能變好，我們的今天也很好。當想變好卻無法好起來時，我們不妨從微小的事物中尋找慰藉與希望。用同樣的心，牢牢抱緊彼此。

咬牙撐過了
各種創傷、
各種苦痛。

為了成為現在的你，
你經歷了多少困難？
為了熬過這一切，
你付出了多少努力？

三十歲後才明白的事

1. 似乎只有我感到不安和辛苦，但其實所有人都一樣。看看那些在這種情況下依然能安然克服一切的人，便會發現他們都有著「順其自然」的心態。將能解決的事情和不能解決的事情區分開來，讓自己免於承受不必要的壓力。人偶爾需要「順其自然」的思維模式。明天的我，會比想像中更堅強。

2. 如果想休息的話，就要徹徹底底休息。與其休息卻又感到有壓力，不如不要休息。

3. 為什麼要如此執著地去愛一個人呢？除了這個人之外，世界上還有很多好人。時間終究會過去。別再眷戀那種經過一段時間後，便只會偶爾點開對方通訊軟體看一下大頭照的關係了。

4. 人不會因為被強迫改變就真的改變。試圖以自己的力量改變一個人，是太過自以為是的想法。會改變的人，自然會在改變契機出現時主動改變。

5. 爸爸媽媽逐漸變成我小時候時爺爺奶奶的模樣。我下定決心抱持著「現在還來得及」的想法，好好對待他們。

6. 身體固然重要，但內心也同樣需要被好好照顧。若是飽受慢性疲勞或睡眠障礙所苦，很有可能是內心生病了。

7. 如果需要和某些人斷絕往來的話，務必一併留意與過濾他們身邊的人。不要推遲這麼做。

不要輕易允許自己受傷

回顧過往歲月，使我成長的並不是錐心刺耳的話語，也不是幾乎要擊垮我的一連串事件，更不是咬緊牙關撐過來的痛苦時光。準確來說，是從無數契機中努力成長的自己。既不是托傷痛的福，也不是托時間的福，而是托想要改變的自己的福，才得以茁壯成長。因此，我希望你盡可能不要輕易容許自己受傷，盡可能不要痛苦太久。希望你能放下「這些傷痛會讓我成長」的想法。因為，它只是給你一個輕易允許未來受到傷害的理由罷了。讓你成長的不是那些事，而是主動找到成長契機後不斷改變的你自己。

並不是所有傷痛都會成為成長的契機。

因此，希望你以後不要再將傷痛合理化為成長的理由，也不要再輕易允許自己受傷了。

為了避免受傷

不要輕易交出真心，無論面對什麼樣的接納。
不要隨便敞開心房，無論面對什麼樣的感情。
不要匆忙賦予意義，無論面對什麼樣的價值。
不要急於傷心，無論面對什麼人的肆無忌憚。
不要努力隱藏，無論面對什麼樣的否定。
不要展現太多，無論面對什麼人的期待。
絕對不要回頭，無論是什麼時候的過去。
不要輕率行動，無論再怎麼如自己所料。

為了不被傷害，為了不允許受傷。

越了解世界，越害怕幸福

曾經不懂事的我，

對這個世界有了一定程度的了解時，

我也開始對自己擁有的幸福產生恐懼。

「我現在真的很好、很幸福，所以感到害怕。我害怕這些幸福的記憶，最終會變成自己不願想起的記憶。現在這份幸福的記憶，可能在某個時刻變得讓人不想再憶起，這讓我感到無比恐懼。我也很討厭有這種想法的自己。」

沒有永遠的幸福。

讓我感到幸福的一切，

極有可能會變成自己想逃避的事。
因此，有時連幸福近在眼前也會感覺害怕。
即使我想緊緊擁抱它，
有時也想將它遠遠拋開。

這就是我不能輕易幸福的原因。
了解得越多，也就變得越膽怯；
顧慮未來多於當下，
在勇往直前的途中，忽然停下了腳步。

或許，了解這個世界就是一件如此殘忍的事。

優先順位

人出生的第一件事是哭。
學會的第一個單字是媽媽。
並不是因為傷心才哭，也不是多麼著急想要找媽媽，這些東西與生俱來
就在優先順位。

無助時哭泣、難過時想要找媽媽，
是很羞恥的事嗎？
儘管我不知道從何時開始覺得哭著找媽媽這件事很羞恥，但這些東西依
然在我的優先順位。

「衝啊！」──從來不在我們的優先順位；

我們也沒有猛虎下山般的氣勢。
只有……軟弱。

我們往往會先變得軟弱。

至少……今天可以不用故作堅強，
已經足以是小小的安慰了。
偶爾這樣也沒關係。

當我喜歡自己的時候

想一想，
自己是否曾用發瘋似喜歡某人的心，
喜歡過自己？
對自己的喜歡與肯定，
比世上任何人喜歡自己都更有價值。
蘊含著最珍貴、最美好、最溫柔、最深情，
是最不可取代的意義。

倘若遍尋不著值得這麼做的理由時，請記住：
無論如何，「現在」就是愛自己的最佳時機。
尋找愛自己的理由，根本是多此一舉。

想要獨自一人，但又不想孤獨

穿上衣服覺得熱，脫下衣服又覺得冷。我們的內心就像穿衣服一樣，穿一件名為「人」的衣服。替內心穿上這件衣服時覺得鬱悶，脫下時又覺得孤單。於是，人總是既喜歡獨處又討厭孤獨。仔細想想，這是再自然不過又再自私不過的心情。儘管人們以這樣的心聚在一起時會互相傷害，卻又能像什麼都沒發生過似的重新擁抱彼此。人生啊，就是由一顆顆自私的心匯聚而成的奇蹟。

寫給傷痕累累的你

無論是急於吃下熱騰騰的食物，上顎被燙破了皮；因為匆忙而跌倒，膝蓋瘀青了；剪指甲剪得太深，連肉都被剪掉；為了撿起碎破璃，不小心割傷了手。這一切都不該怪罪情況，全部都是自己的選擇所造成的。

無論是因為小事而被某人討厭；與珍愛的某樣東西分離而心痛不已；因為誤會與某人分道揚鑣；覺得自己擁有太少而感到無比惆悵。儘管如此，也不必對過去與現在感到懊悔，不必試著回頭改寫一切。因為已經過去的，就無法挽回了。

我懂。你一定很想責怪情況，而不是責怪自己吧？一定很想找個什麼東西來埋怨吧？也一定會覺得後悔萬分，想要逆轉一切吧？各式各樣的情緒，今天一定又擾動著你的凌晨時分。然而，可以這麼說。事過境遷後的你，此時此刻依然在這裡；克服過往各種壞事的你，依然在這裡。終於戰勝這一切後，成就了現在的你。或許，正是因為有了那些選擇，現在這個強大的你才得以存在。

一切都要怪你，但一切也都是因為你。

造成傷痛的是你，但咬牙撐過傷痛的是你，從中學了刻骨銘心一課的也是你，默默相信自己能堅持下去的勇氣，更是來自於你。

因此，你是如此了不起啊，別太後悔那些眼前的傷痛，以及長久以來的忍受。別太憐憫自己，也別太憐憫他人。因為所有人都是在克服了一切傷痛後，才得以抬頭挺胸地站在這裡，也才得以在面對將來的磨練時，堅強地不讓自己倒下。

傷痕累累的人啊，今天又咬牙撐過了創傷、苦痛和後悔。該有多麼辛苦，才成為了現在的你？為了熬過這一切，付出過多少心力呢？

無論如何都不會倒下的人啊，今天也盡力撐過了負面的一切。這樣就行了。光是這樣，就已經足夠了。

無論如何都不會倒下的人啊，
今天也好好撐住了。
這樣就夠了。

收心

手邊有一張A4紙。我拿起這張紙，打算將它重複對折。讀到這段文字的你，或許也正在折吧。我們大概折不到九次就會放棄了。是的，一張紙無法單憑人類的力量對折超過九次。根據金氏世界紀錄，最多只能折九次。這是個既神奇又好笑的事實。即使是那麼輕薄的紙，也會在折了又折後，面臨到再也折不下去的時候。而且，比想像中來得更快。

連紙都如此了，更遑論人心。把心折疊起來收好，自然也不是那麼簡單的事吧。第六次、第七次、第九次……根本不可能繼續折得下去。想念的心、渴望的心、悲傷的心、後悔的心，我們難道不是全力在嘗試著完全不可能憑一己之力做到的事嗎？那般單薄的紙，都會在被折不到幾次後就折不下去了。而我們的心，當然比紙來得厚啊。

無論是什麼樣的心，都不必想刻意收起來。
真正的收心，不是繼續折第九次、第十次，
把它折得小小的，
而是隨著時間的流逝，自然就會沒了想要收心的念頭。
無論是什麼樣的事，都不必急著想要遺忘。
真正的遺忘，不是繼續刪除第九次、第十次，
讓所有記憶煙消雲散，
而是不再試著擦去曾經寫下的記憶。
讓它們可以美好地蛻變成長。

但也不要因此在原地踏步。
那些收不起來的、遺忘不了的事情，
不能依賴「反正時間會解決一切」的想法。

繼續努力前行，活出帥氣的自己吧。

希望撐過這段歲月的我們，

都能活成一個格局更大的人。

將那些再也折不下去的一切，

坦然攤開。

心情鬱悶時需要的東西

1. 與喜歡的朋友見面吧。雖然自己也能完成洗滌心靈這件事，但對於無法靠自己梳理的情緒，與喜歡的人相處會很有幫助。

2. 不要專注於過大的改變，而是從訂定微小的目標開始做起。過於遠大的目標，會讓自己在抵達之前就已精疲力竭。從小地方開始，即使只是細微的改變，也能為自己帶來一點都不細微的成就感。

3. 保持健康與留意體態固然很重要，但偶爾也不妨吃些自己喜歡的、又甜又鹹的刺激性食物，暢快紓壓一下吧。人生中沒有什麼比美食帶來的喜悅，更讓人覺得幸福了。

4. 將「嚴以律己，寬以待人」的想法換成「嚴以律人，寬以待己」來支持一下自己。雖然不是每件事都適用這個想法，不過為了讓心稍作喘息，不妨大力誇讚一下自己吧。

5. 從現在開始養成記錄自己情緒的習慣。假如之前已有記錄情緒，不妨找出來回顧一下。當時的自己有什麼想法、下了什麼決心？這段日子以來，自己忘記了什麼？對自己來說最珍貴的又是什麼？

6. 去看一看寧靜的海吧。不一定得是大海，靜靜映著粼粼波光的湖也可以。暫時放下手機，去一個能讓自己放空，一掃所有思緒的任何地方。

7. 現在，就是現在。這是不再輸給任何藉口，下定決心的一刻。開始試著改變吧，無論是所處的環境，或是自己本身。就是你正在閱讀這段文字的現在。

即使動用世界上所有美好的字詞，
都不足以形容你。
你真的很耀眼，
很美好。

你的存在

美好、值得珍視、寶貴。即使動用世界上所有美好的字詞，都不足以形容你。

吹起了名為「過去」的奇蹟之風

新年到了。人們在「新年快樂」前加上一句「去年辛苦了」，問候著彼此。有些人的年齡在個位數多了一歲，有些人則是在十位數進了一位。然而，如果新年問候與年歲缺少了「過去」這個事實，就只是毫無意義的問候與數字罷了。逝去的過去，為你我的問候、年歲賦予了意義。

我深思了一下關於「過去」這件事。關於正在過去，關於已經過去。這意味著最終我們要放手，而且最終我們會好起來。因此，我們的人生可以說是與名為「過去」的痛苦和療癒共存。讓我們感到痛苦與悲傷的原因，是因為某些事物已成為了過去；而我們能從這一切復原，然後繼續支持著彼此的原因，也是因為某些事物已成為了過去。這麼看來，過去與開始的瞬間，有著相當微妙的力量。不只是在「新年快樂」前加上「去年辛苦了」的新年問候，也不只在於年歲的變化。

或許，因為已經過去了，我們才能繼續生活下去。「過去」就是讓我們能活下去的奇蹟之風。

當疲於生活的我甚至連動都不想動時，在「十二月三十一日下午十一點五十九分五十九秒」與「一月一日上午零時零分一秒」之間，有一陣風將我帶到全新的時間面前。於是我懷抱起嶄新的希望，訂下新的目標和計畫。

當我因為離去的人而痛苦萬分時，在「離別」與「相遇」之間，有一陣風推著我，讓我帶著愛繼續前行。而我也因為那陣風，開始對展開新的關係抱持希望。

當我經過長時間的休息而變得無力時，在「挫折」與「機會」之間，有一陣風給了我勇氣，這股勇氣將我帶到一個未知的地方。我再次因為這一陣風立下了新的願望，投入新的努力與嘗試。

或許，名為「過去」的奇蹟之風，同時也將蘊含「期望」的意義吹向我們。

最終，過去的事與嶄新的事讓我得以繼續活下去；過去的人與嶄新的人讓我得以繼續活下去；過去的愛與嶄新的愛讓我得以繼續活下去；過去的人生與嶄新的人生讓我得以繼續活下去。

因此，即使被困在過去的後悔與眷戀中，也沒關係。
因為害怕開始而覺得未來一片茫然，也沒關係。
一而再地回首與跌倒，也沒關係。

很快，那陣風會吹向我們。
即使是置身於漫漫長路的痛苦之中，
那陣風也一定會吹向我們。
即使是置身於永無止盡的悲傷之中，
那陣風也一定會吹向我們。

在過去與即將重新開始的某個地方，
那陣能讓人移動腳步的奇蹟之風，終將吹起。

你做得很好了，
一切終將會更好

以前不懂，但現在懂了的事

1. 面對越來越合不來的人際關係，暫時斷絕關係通常是很好的解決方法。過去我會試著努力改善關係，而現在我明白了，稍微保持距離，在某種程度上才是修復關係的好方法。

2. 寬容對待暴躁的情緒。任何人都有可能以暴躁的情緒對待他人。現在我不會以「情緒」去評估一個人的為人。不過，倒可以在對方情緒稍微平靜後，將其區分為「願意道歉的人」與「不願意道歉的人」。對方的每一次選擇，都決定了我們究竟該繼續與他們相處或離開他們。更進一步來說，又可以分為「只道歉但不會反省的人」與「道歉後會藉由反省來減少類似事件再次發生的人」。於此，即可決定對方只能當單純的點頭之交，或是這輩子不想錯過的人。

3. 討厭的力量無比強大。當看起來不合的人在某些時候好像很合得來，代表他們一定共同討厭著某件事；當然，這種狀態通常不會持續太久。只是，至少他們在那一瞬間形成了相當強烈的紐帶關係。或許，人與人交往的原因之一，就是為了排解積累的怨恨情緒。

4. 以前的我，經常會炫耀自己擁有的東西；而現在，我相信總有人會明白我過著什麼樣的生活。每當見到過分炫耀的人時，我心裡會想「原來這個人唯一可以炫耀的事只有這樣」，而非「這個人好厲害」、「好羨慕」，偶爾會產生稱不上同情的同情。真正了不起的人，往往會認為自己所擁有的一切根本不值得炫耀而行事低調。對這些人而言，值得炫耀的東西只是再平常不過的事罷了。這種人就算不刻意炫耀，他們周遭的人自然也會了解到。

5. 年輕時，只要遇上痛苦、難過的事，我會急於向他人訴說並尋求安慰，但現在，我不再輕易向他人傾訴。因為，當一個人率先說出自己的弱點時，可能只會換來另一道傷疤。

6. 我深刻感受到安然無恙就是幸福。無論是一天、一個月，或是一年。比起

7.

「好運連連」，我更傾向用「平安無事」來定義自己是否幸福。沒有發生任何事的日子，內心才更舒坦。我近來的人生，沒消息就是好消息。

收起像是「我都知道啊」、「這種時候就是要這樣做才對」、「你錯了」之類的自以為是。永遠不要忘記，自己知道的不一定是全部，以及多的是自己不知道的事。我究竟是個多麼無知的人啊？好幾次都是過了好久以後，才發現自己為什麼當時不知道呢？那些都是需要累積經驗後，才能明白的事，需要借助時間的力量，才能逐漸變得成熟。磨去了稜稜角角，想法才終於變得圓融。這是隨著年齡增長獲得的諸多優點之一。

幸福快樂的結局

「從此過著幸福快樂的生活。」

小時候讀過的童話故事，大多是以幸福快樂的結局收尾，但現在回想起來，那樣的結局其實與幸福相距甚遠。竟然只有「從此過著幸福快樂的生活」就結束了？所以童話故事裡的主角是如何過著幸福快樂的生活？歷經無數苦難才爭取來的幸福，究竟是什麼模樣？想像一下，美麗的公主、帥氣的王子相遇後，在美好的王國裡過著精彩的生活。只要讀過童話故事都知道，悲慘的情節大概占了九十九頁。只有一頁，不，是連一頁都不到的分量，僅僅用了「從此過著幸福快樂的生活」幾個字，就將整個故事落幕。

隱藏在童話幻想背後的，是人類的複雜心理。人總是期盼可以幸福，卻又吝於活得幸福。彷彿在擁有幸福之前，必然得歷經一些苦難才行。唯有像這樣得來的幸福，才會被認定為「有價值」的幸福。這是一種「迂腐的填鴨式幸福論」。

對幸福觀念的稍微轉念，將使人生變得更加自由。就算沒有歷經苦難，我們依然值得幸福。在幸福快樂之前，不是勢必得歷經苦難；即使歷經苦難之後，也不一定就會幸福。如果沒有苦難也能幸福，如果苦難之後也不奢望幸福，那才是真正如童話般的精彩生活吧。這才是幸福快樂的結局。

幸福不是只有在歷經苦難後才別具價值，
要忠於眼前的幸福。
幸福在歷經苦難後也可能不會到來，
不要抱持無謂的期望，也不要失望。
因此，請不要吝於幸福，
坦然去選擇九十九頁的幸福，
而不是九十九頁的苦難。

越是執著於「從此過著幸福快樂的日子」的結局，可能讓自己離真正的幸福快樂越來越遠。要活在幸福之中，請不要忘記這一點。

痛苦記憶的沼澤

眼前有個沼澤。試著想像自己失足陷入其中的畫面。如果恰巧有人能拉你一把當然是天大的幸運，但假設當下是完全沒有任何人的情況。你會感到驚慌失措，開始拚命蹬腳掙扎。然而，越是奮力掙扎，體力不堪負荷的你越會因為身體變得僵硬而不斷下沉。想要靠自己的力量脫離沼澤，是非常困難的事。並不是在理論上不可能，而是因為人在當下往往容易亂了陣腳，所以盡可能保持冷靜才是最聰明的應對方法。由於單憑一己之力無法脫身，所以要想辦法抓住可以增加自己力量的東西，借力使力把自己拉出來，或是不要做無謂的掙扎，堅持到救兵抵達。

沼澤與痛苦的記憶很相似。痛苦的記憶就像沼澤一樣，你越想拚命脫離，越會讓自己深陷其中。掙扎著要逃離，反而陷入情緒深淵，甚至連呼吸都變得困難。倘若有人能夠拯救自己，當然是再好不過，但因為獨自被拋下，使自己深陷痛苦記憶的沼澤中。此時，保持冷靜是唯一的明智方法。不要猶如困獸般翻找回憶，也不要為了遺忘而耗盡心力。慢慢沉澱情緒，冷靜尋找足以支撐自己的東西並伸手抓住它。

為什麼越是痛苦的記憶，越會頻繁地想起呢？並不是因為那些記憶真的讓人難以忘懷，而是因為我們越是試圖忘記，就越會不斷回想起它們。於是，我們失去了冷靜。越想努力忘記，反而越自然地想起當時的記憶。這真是非常矛盾的狀態。

人，終究是健忘的動物。總有一天會出現可以覆蓋這一切的記憶，總有一天會找到可以拯救自己的東西——最終時間會解決一切。正確來說，如果在這段時間儲備好力量，總有一天可以找到能拯救自己的東西，憑藉這股力量，將能重新找回自己完整的人生。

只要認真過生活，那些嶄新與珍貴、美好的事物，終將會填滿內心。讓我們一起儲備力量吧，這將自然而然覆蓋掉那些痛苦的記憶。

別再回想過去，努力過日子吧。別再耗費不必要的情緒，好好堅持下去，尋找能拯救自己的東西。這應該是對付痛苦記憶的明智方法。

即使明白這一切，這也不像想像中那麼容易。不妨再努力一次吧。今天也盡力從痛苦的記憶中活過來吧。

致既是某人的光芒，也是某人的海洋的你

致「總是想著繼續像這樣毫無意義地活下去，就算死了，也不會有人知道我的存在、惋惜我的逝去吧」的你；致「總是疑惑哪有人會喜歡像我這樣微不足道的人」的你；致「覺得自己什麼都做不好而愧疚、焦急」的你；致「因為一點小挫折就感到沮喪而無法承受」的你；致「房間充斥著想要逃避的回憶」的你；致「為了不想被排擠而做出討厭行為」的你；致「低頭沉思著繼續像這樣活下去有意義嗎」的你。

正如一句名言：「你活著的今天，是某個昨天死去的人曾經奢望的明天。」千萬要好好活著，對抗消極負面，毋須害怕人生的波濤。因為你既是某人的積極力量，也是某人的牽掛。你是父母的海洋，朋友的旅程，情人的光芒。

當即使置身於負面情況中，依然不感到挫敗，並向前邁出一步時；當即

使已經趴在谷底痛哭，依然在稍作休息後，重新振作起來時；當面對絕望，引頸企盼著離開看不見終點的洞窟時。永遠不要忘記，當你歷經這些艱難和磨練時，有人始終支持著你。永遠要牢記，你是值得驕傲的人。

即使這樣也擺脫不了恐懼和無助時，請記住，在這裡，有個不認識你的人正焦急地為你加油。

致既是某人的光芒，也是某人的海洋的你。你既是某人的未來，也是某人銘記於心的過去。沒有人能代替誰而活，所以我衷心希望你能為自己而活，也衷心希望閱讀這本書的人都能成為自己的驕傲。

2

在生活中堅持著

一念之間

10、100，只差了一個字，卻有十倍的差別。

月、日，只差了一筆畫，卻有三十倍的差別。

我們有時會忘記，但一個變化、一個空白、一個添加，都會造成很大的差別。如果要說我們為什麼會忘記這點細微差異的重要性，原因在於當一個關鍵影響的結果差了十倍、三十倍時，我們也只會感受到結果的好壞。

只看得見結果的我們，經常為此感到恐懼與疲憊。之所以如此的原因不在於周圍的人，也不在於所處的情況，而是一念之間的差別罷了。

我們大可不必在改變前便開始害怕改變的強大，即使是多達三十倍的變化，其核心也不過是一個關鍵而已。同理，也不必為了自己失去的東西而崩潰，就算一無所有，也只是失去了一個關鍵的東西而已。所以我們不必去炫耀自己比任何人擁有更多，因為一旦失去了那一個關鍵，擁有得再多也都會煙消雲散。然而，我也不會把這道理想得太簡單。原因在於，為了追溯到那一個關鍵究竟是什麼而必須釐清一切的過程，確實艱辛。

人生總是會有變化。有時必須放棄很多東西，有時又有很多事情不斷接踵而來。然而，與其說是情況本身很麻煩，更多時候其實是把一切想得太麻煩的自己，讓情況真的變得麻煩。

我們都是懂得思考的人，那麼也一定可以選擇讓自己比較輕鬆的思考方式。畢竟，從來就沒必要努力把一切想得很難吧？

當事情看起來困難重重時，只要試著退一步，並且相信結果僅會存在一些差別，原本焦慮的心也會變得從容些。面對過量的好事發生時，同樣試著退一步；對於一個差異就能奪走一切的緊張感，或許有助於讓這些好事陪伴我們更久些。

我們仍一如既往為最後的結果歡呼著。不過，有時也為結果發生前的那一切歡呼一下吧。儘管我們總是會失去或遺忘很多事情，然而，在結果出現之前，如果重要的事物和自己的初心依然存在，忙碌的一天也會變得豁然清晰。

一筆劃與一個字都能造成不同的結果。

今天就讓我們來問問在結果之前的事情吧。

你的熱情如故嗎？

你的過程順利嗎？

你的朋友在身邊嗎？

還有，你珍惜的東西依然安好嗎？

尋找自我

有位留學歸國的朋友說：「在國外的時候，他們的視野是讓我覺得最震撼的地方。」在韓國，我們遇到別人時會問「你從事什麼工作」和「你是哪間大學畢業」這類關於對方所屬團體的問題。但在國外，他們認識一個人後，首先好奇的是關於眼前的這個人。

他們的對話是「你最喜歡什麼」、「我喜歡這個」之類的。他們聚焦的是「我」或「你」，看起來對「我們」或「他們」一點也不關心。

這位朋友說回到韓國後，這種感覺又更強烈了——韓國人無比重視自己與所屬團體的關聯性、在意周圍的一切甚於自己。這並不全然是壞事，因為這也是韓國人凝聚力格外強的原因。只是，任何事都是一體兩面。在戰戰兢兢地意識著周圍環境的同時，自我的存在自然就會弱化，一旦「我」不再是「我們」的一分子，原有的紐帶關係很快就會變得冷卻、乏味。於是，不免就會對自我的存在與周圍人產生懷疑。

在我們的生活世界，儘管有些事少了自己就變得不完整，卻唯獨「我」的存在是如此容易消失得不著痕跡。

不知從何時開始，「群體」似乎代表了一切，我們過於在意他人。

「我」與「你」不知道去了哪裡，只剩下「他們」。

或許，身處於這個冷酷社會的我，必須為了團結合群而不停奔走，最後卻徒留了一份得像「威利在哪裡」一樣睜大眼睛才能找到自己的功課。

理想與現實

現在我明白了——關於一段關係可以光靠用心維持下去的理想，以及光靠用心是無法維持下去的現實；關於光靠努力就能解決一切的理想，以及再怎麼努力也無濟於事的現實。在不知不覺間，我領悟了何謂現實。直到此時，才察覺到自己的體無完膚，猶如被這個世界徹頭徹尾打磨過一樣。

抓住搖搖欲墜的自己的咒語

1. 過去做得夠好了，現在也做得很好，一切終將會更好

假設我正處於否定自己的狀態，「我過去做得不夠好，現在也做得不好，一切終將會更不好」。如果這樣想，就算事情很順利也會被搞砸。思想會化作語言，語言會化成行動，行動會構成我的一天，每一天則累積成我的一生。我過去做得夠好了，現在也做得很好，一切終將會更好。說出來，並且試著努力實踐，別將這句話拋諸腦後。你，一定可以做得很好。

2. 生氣時，不要急著說話

網路上的一篇文章提到，「愛斯基摩人只要一生氣，就會放下手邊的一切，開始不停走路。在冰原上一直靜靜走到氣消為止。當走了一陣子，感覺氣消了後，便會停下腳步，由原路折返。這段回程，即是懺悔、理解與寬恕

之路。」確實如此，生氣時不要說任何話。唯有深思後說出的話，才能減少後悔，甚至有所收穫。

3. **無論怎麼活，都會被討厭**

因為被某人討厭而傷心了嗎？因為某人在背後說自己閒話而氣得徹夜難眠嗎？這一切不過是如他們所願罷了。必須牢記一件事——即使是聖人君子也曾經遭受批評，而且越是優秀的人，越會招惹更多的嫉妒和誣陷。從過去到現在都是如此，將來也不會有任何改變。不被沒價值的厭惡擊敗，才是對那些人最明智的報復。

4. **如果覺得人生無趣，就去看看別人的人生**

今天、立刻活得開心些吧。這裡指的不是去尋求娛樂，而是多累積些值得回憶的事、達成一兩件可以驕傲說出來的目標，甚至去嘗試一次能說嘴一輩子的瘋狂經歷。如果有許多決心卻始終沒有實踐，那是因為自己總是以「明天開始」拖延大小事的懶惰。請重新下定決心，無論如何都去踏出第一步，過著真正有趣的人生吧。

5. 只有「現在」是這樣，過一段時間就沒事了

時間會解決一切？對於當下痛苦不堪的我來說，這是根本發揮不了作用的安慰。已經痛苦到連短暫的片刻都堅持不下去了……因此，「時間就是解藥」、「時間會解決一切」，這些話並無法提供真正的安慰。不過，倒是務必記住這一點——只有「現在」是這樣。既不必否認當下的痛苦，也不必談論未來，單純只因為是現在才會這樣。盡情去痛、去悲傷吧。這些是即使以後想要感受，也只會變得模糊依稀的情緒。只有現在是這樣，等這些情緒過去就沒事了。

一年只有一次的日子

聖誕節沒有約的我，獨自待在家中寫稿。後來，接到來自朋友的電話。

「聖誕快樂！你在幹嘛？」

「聖誕快樂～我在家工作。」

「沒事做的話就出來啊，和大家一起喝一杯。」

「嗯……我快截稿了，還是待在家吧。」

「怎麼說也是一年只有一次的日子啊，不覺得很浪費嗎？出來啦～」

坦白說，我不是完全沒有想外出的念頭。不過，擔心像今天這種日子出門只是人擠人，所以才決定窩在溫暖的家裡，泡一杯咖啡，寫我的稿。雖然對朋友有點抱歉，但答應下次會請他喝一杯。

心中或多或少還是有些遺憾吧。「是啊……真的是一年只有一次的日子耶，是不是應該出去一下？」但後來想到，昨天不也是一年只有一次的日子嗎？無論是一天前的十二月二十四日，或是一個月前的十一月二十五日，都是一年只有一次的日子。再進一步想，這並不只是一年的問題。今天，也就是今年的十二月二十五日，是一生只有一次的日子。無論是一天前的十二月二十四日、一個月前的十一月二十五日，或是明天即將到來的十二月二十六日，都是一生只有一次的日子。嗯……繼續這樣想下去會沒完沒了。無論是我在寫這篇文章的當下，或是剛剛過去了的那一秒，全都是一年甚至一生只有一次的時間。既無法倒轉，也無法重來。或許我們都暫時遺忘了這個理所當然的事實——過去的便再也回不去，每一天都是一年只有一次的日子，每個瞬間都是一生僅有的一次。

心情莫名變得沉重。我此刻也正在過著永遠無法倒轉的一天。而且不只是一天，是每一個瞬間都無法倒轉。然而，另一方面卻又覺得心情變得輕鬆了。那些曾經以為太特別而捨不得放手的日子，其實都跟平常的日子沒有差別。如同每個人在時間面前都是平等的，每個日子也都變得平等了。特別美好的日子、幸福的日子、悲傷的日子、煎熬的日子，全都只有一次，也全都無法重來。

我想到一句很酷的話。以後有任何人用「一年只有一次的日子」來強化某些紀念日的意義時，我一定要這麼回答：所有日子都是一年只有一次。

正在讀這段文字的你，聖誕節過得如何？一個月前的今天又是如何？兩者其實都是一年只有一次的日子，為什麼我們非得要為此賦予意義，並努力為了符合這樣的意義而活呢？

每一天都是平等的。同樣會到來，也同樣會過去。同樣特別，也同樣平凡。

感覺時間過得飛快的時刻

1. 曾經以為「老朋友」是等到一定年紀後才會使用的詞彙，但我的人生中卻在不知不覺間有了一群老朋友。曾經以為大家都長得跟以前一樣，但翻出舊照片後，才發現裡面的我們根本像個孩子。

2. 平常感覺不太到時間的流逝，但當久違地回了一趟故鄉後，便會發現爸媽臉上又多了些皺紋。難道他們的時間走得比我更快嗎？好討厭時間無情的流逝，內心奢望時間能夠過得慢一些。

3. 以前玩過的遊戲，變成了傳統遊戲；以前引以為傲的最新設備，大多數人已不知道那是什麼；甚至開始有人不認識曾象徵自己青春的偶像藝人。當我們這一代像這樣沉浸在追憶中的同時，新一代也正在崛起吧。

4. 經常聽見周圍的人捎來結婚消息。原本以為結婚是大人的事……其實不只是結婚，那些紅白事也開始直接傳到我這裡。任誰看了都知道，這已經到了大人的年紀。

5. 開始不自覺地聊起以前的事。儘管有點擔心會變成整天說著「當年勇」的人，但實際上，真的沒有比那個時候發生的事，更琅琅上口與感人的故事了。

6. 漸漸不太適合「年輕」這個詞了。過去會用「因為還年輕」、「因為正值青春」之類的話來鼓勵自己的我已不再，總是焦慮萬分。「年輕」聽起來陌生得像是個很久很久以前的故事。

像謊言一樣

像謊言一樣。
希望所有事情都能一次解決，
這是我最近常常有的念頭。

像謊言一樣。
希望那些緊追不捨的煩惱、憂愁、恐懼，
可以全部被解決。

我甚至不期望好事會像謊言一樣發生，
只希望一切都能像夢一樣消失。
最近只想變得平靜，
對謊言的期待，成了唯一的寄託。

長頸鹿的脖子

不要輕易放棄自己的渴望。
要像野生長頸鹿會站著睡覺一樣，
適應著貧乏並繼續活下去，
津津有味地喝下泥水，產生免疫力。
不要背棄長久以來的夢想。
總有一天我會細數天上的星星，儘管會被嘲笑。
我將成功獲得愛情。
正如父親的聖經再老舊也不會被丟掉一樣，
繼續致力於守護某人也被守護著。
總有一天，我會為家人奉獻。
即使父母與手足沒有開口，我也會主動關心他們。

我會帶著追求智慧的渴望，踏實前行。

察覺與體驗猶如母愛般亙古不變的真理。

就像暫時低下頭，最終也會像長出新芽一樣，要秉持堅定的信念活下去。

要建立屬於自己的原則，不要只是安於現狀。

就像直挺挺的長頸鹿的脖子一樣，堅定而沉穩，不為他人動搖。

生活就像不完美的椅子

椅子，雖然本身重量不重，卻穩固得足以承受我的體重。因為椅腳有等距、等長的設計，當力量平均分配時，即可支撐比其本身還重許多的重量。一旦椅腳的間距稍有偏差，或是其中一腳因某種原因變短了，椅子就會開始搖晃，很快會趨於瓦解。最終，搖搖晃晃的椅子連自己都支撐不住，遑論再承受任何重量。

或許，我們都過著跟椅子一樣的生活。工作、愛情、友情、衣、食、住……這些東西積累成為了我，並維持了生活的平衡。如果其中一方面出現了偏差，就會開始搖擺不定，甚至瓦解。

換句話說，能承受多少重量的關鍵取決於平衡與否，而不在於壓在自己身上的磨難有多少。當然磨難越多就越危險，但關鍵還是在於平衡。

於是，我們就像一把不完美的椅子般搖搖晃晃著。因為保持完美平衡的生活是不可能的事，深諳自己不完整的我們，就這樣一路跌跌撞撞地活著。因為人生從來不是被誰完美設計出來的，而是我們自己創造的。

所以，活得搖搖晃晃的我們，其實一點也不奇怪。儘管發生非常荒謬的事情時，可能使我們崩潰；但即使沒發生什麼特別的事，我們也有可能搖搖欲墜。無論你背負了多少重量，你的踉蹌，以及因此而感到的辛苦，都是再正常不過的事。

事實上，即使是一點小事都可能讓我們跌一跤，這說不定反倒是件好事。假如少了接二連三的跌跌撞撞，不清楚自己做錯些什麼的我們，只會懵懂地活著。在跌跌撞撞的過程中調整平衡，或許才是真正的人生。

搖搖晃晃是因為平衡的問題，而非負荷的重量。
既然我們不是被完美設計出來的，
不免就會過著跌跌撞撞的生活。

你有充分的理由感覺辛苦。
因此，當因為某人的話語而動搖時，
大可不必認為自己是軟弱的。
所謂人生，即是根據各自的經驗，
逐步調整再繼續前行的過程。
因此，每個跌跌撞撞都將使人生更接近完整。

我不會忘記這一點。

正在成為大人的證據

1. 建立關係

雖然說是朋友，但只要我的狀況不如現在，他們就會離我而去，這種關係保持適當距離才是上策。當自己飛黃騰達，即使在身邊也不為我慶賀，甚至還會嫉妒我的人，大可直接拒絕往來。不會再為了某人的離開而憔悴，曾拚命想抓緊的關係已變得毫無意義時，寧願孤獨，也不想要痛苦。

2. 承認的合理化

感覺自己沒有必要再為了懷抱超乎自己能力的遠大夢想，而過著如履薄冰般的生活。這是一種自我合理化嗎？這是承認自己的極限？這麼做其實很好。為了微小的成就而感覺滿足的人生，反而可能更美好。能夠放下一些渴望，轉而在其他地方獲得滿足，這樣或許更有價值。

3. **判斷力與自制力**

當我能夠辨識出什麼東西會毀掉自己時；當我明白不是只有拔頭髮或割腕才算自殘時；當我承認且不再忽視侵蝕自己的舊習慣、關係或環境，並努力改變時。這些都讓我感覺到自己的判斷力與自制力增加了。

4. **人群中的寂寞**

明白了比起獨自一人的寂寞，與他人在一起仍感覺寂寞，才是更寂寞的心情。開始懷疑對人與關係抱持希望與期待，是不是真的能讓自己的人生變得更加精彩。過去是因為對獨自一人感到寂寞與恐懼，才建立了各種關係，但這麼做會不會根本是自掘墳墓呢？在關係中感到寂寞，是最讓人害怕的事。

5. 弱勢的乙方

雖不清楚是否在深厚的關係中才會有這樣的事情，但我發現在社會生活中的許多情況下，自己往往是在給出善意後感到後悔的那一方。明知道自己會這樣卻還是不停給予，於是無可奈何地成為弱勢的乙方。無論是金錢、物品、感情、工作等，以前總會因為對方在自己付出後態度丕變而按耐不住怒火，但現在我懂了。我會在給予之前調整好心態，給予之後大可自得其樂。假如對方態度突然改變，就當作他「人品不好」、「遲早會有報應」，然後一笑而過吧。

6. 理解與尊敬

開始覺得過去被自己視為大肚腩、懶散、倚老賣老的大人，其實很偉大。當然，並不是覺得他們在各方面都很了不起，也不是無條件地肯定他們。儘管無法理解的部分依然很多，也有許多令人不滿的時候，但有時仍會覺得他們很了不起。他們經歷與克服了許多苦難，勇往直前。即使在面對不確定和不公正時，他們也能從中照顧好自己的利益。我思考著，自己是否也能像他們一樣成為真正的大人。

就算翻遍整個世界，
也找不到任何東西比你更寶貴、
更值得珍惜。

別傷害自己，
也別隨便對待自己。

媽媽希望我記得的事

媽媽希望你可以戒菸，酒也別喝太多。就算有點麻煩，也要把媽媽送去的小菜按時配飯吃掉。雖然很忙，也務必記得抽點時間做運動。如果失去健康，就什麼都不必談了。要好好照顧身體。健康是最重要的，沒有什麼事情值得你用寶貴的身體去交換。沒有一件事，需要你用搞壞自己的身體去拚命；也沒有一個人，值得你用傷害自己的身體去怨恨。你永遠是最寶貴、最值得珍惜的。就算翻遍整個世界，也找不到任何東西比你更寶貴、更值得珍惜。別傷害自己，也別隨便對待自己。一旦失去健康，任何事都不再有意義。我又開始嘮叨了……你懂媽媽的意思吧？

媽媽也是第一次當媽媽

媽媽偶爾會在談起我童年時期家境貧寒，或是對我做過什麼錯事時，留下懺悔的淚水。即使我表示自己根本一點也不記得、沒關係，媽媽依然繼續哭泣，並且說：「如果連像榮旭這麼聰明的孩子都記不得的話，可見那是多麼想要忘掉的記憶啊。」媽媽握著我的手，來回輕撫著。

小時候的我挨罵時，雙手總是會變得無力，連握鉛筆都會瑟瑟發抖。媽媽說每次訓斥完我之後，這件事總是讓她最心疼。現在媽媽的手也變得像那樣無力嗎？媽媽是在訓斥自己的過去嗎？可是，媽媽也是第一次當媽媽啊……如果我是媽媽，大概沒辦法做到像媽媽對我那麼好吧……看著沒犯過任何錯的媽媽，雙手變得那般孱弱，心實在好痛。人的一輩子，是不是一直在為所做的事情後悔，而雙手也變得越來越無力呢？

被人擁有

這是很久以前、我還很小的時候發生的事。媽媽說：

「兒子啊，你知道嗎？你還小的時候，阿公和阿嬤都沒有好好抱過你。」

「是嗎？為什麼？」

「對啊，因為只要阿公和阿嬤準備要抱你，姊姊就會又吵又鬧發脾氣。」

「什麼意思？」

「她會說『榮旭是媽媽的，為什麼你們要搶走媽媽的東西？』然後開始鬧脾氣大哭，所以阿公和阿嬤從來沒辦法放心地抱一抱你。」

嗯……我的人生固然全然屬於自己，但能夠像這樣被人慷慨地接受，讓我人生的一部分暫時成為某人的「所有物」，其實也是件相當幸福的事。

我的人生是我的，我的一天也是我的，任誰也不得插手干涉。過去的我是這麼想的，但最近總好奇自己怎麼會出現被人擁有也很幸福的想法。

或許「將自己交給某個人，也可以是很適合我的事」。

或許「讓自己成為某個人的一部分，也可能是我想要的人生」。

如果我能一輩子被某個人愛著，就算人生並不是全然屬於自己，也會幸福得流下眼淚吧。雖然隨著年齡增長我的想法變得更成熟，決定要更愛自己一些，但其實人打從一開始就是在他人的愛中成長的。我也是在愛中長大的存在。

在很小的時候，我從某個人身上接受到的愛，告訴了以後的我：有時，被人擁有才讓我們得以繼續活下去。

雖然記不起你們的聲音

當我渺小得不起眼卻無比珍貴時，
當我終於翻過身，開始用雙手與雙腳爬行時，
當我蹣跚學步跌倒，放聲大哭時，
耳邊始終有一個記不清卻又忘不掉的聲音。

「孩子啊，你可以重新站起來嗎？」

當我跌倒後重新站起來時，又會聽到另一個聲音。

「你做得很好。太棒了！太棒了！」

雖然記不清當時你們的聲音，
但我就這樣繼續往前走。
好好長大的我，現在甚至可以背起你們，用健壯的雙腳大步前行。

多虧了當時的那個聲音。

我們每個人都是從不熟練的腳步開始，一步走到今時今日。
正如當時那個輕柔的聲音扶起了我，讓我成為現在的自己，
現在，我給自己的小小歡呼聲同樣也會喚起某處的我，引領我成為更好的自己。

媽媽煮的大醬湯

我很喜歡大醬湯。媽媽煮的大醬湯湯料軟爛，輕輕一夾就化開了。不過，稍微有點嚼勁的湯料其實才更符合我的口味，就像外面餐廳賣的那種大醬湯。直到現在，我才知道媽媽煮的大醬湯比餐廳賣的煮得更久。媽媽為了我特地煮了大醬湯，卻擔心它冷掉只好一直加熱。後來，因為我沒有回家，便關掉火。等到我很晚才回到家時，又重新煮滾。湯裡的南瓜、馬鈴薯和豆腐，都好像媽媽，等我等到垂垂老矣。

好希望媽媽的時間就這樣停下來。明明已經過了三十歲，我卻老是在餐桌上啜泣。

獨自生活才感受到的事

1. 最孤單的是，結束一天工作回家後，迎接我的是漆黑空盪的家與冰冷的溫度。在寂靜中按下的電燈開關，聽起來格外響亮。真的感覺到自己是孤單一個人的心情。

2. 每次點外送來吃了之後，才知道媽媽為我準備的小菜有多珍貴。雖然自己總是沒能按時吃完媽媽送來的小菜，但一想到是媽媽辛苦準備的，我還是會盡量多吃些。不想在媽媽下次來訪時，看到她的凝重神情。

3. 越來越想整天窩在家。獨居最大的優點，就是不用看任何人的臉色。獨自喝酒的頻率似乎也越來越頻繁了。

4. 有些人會因為距離越遠，感情反而變得越深厚。故鄉老友、大學同學、整天吵架的兄弟姊妹、曾經無法理解的爸媽，過去曾互相責罵，有時甚至討厭對方，竟也因為距離而產生了思念。有時，會發生身體距離變遠反而拉近彼此的心，這種難以解釋的狀況。

5. 會設定多個鬧鐘，因為沒人可以叫醒自己。或多或少有點像是社會的縮影——必須在沒有任何人幫助的狀態下，靠自己的力量站起來。

6. 每個月的生活費相當可觀。我一個人的生活費都如此驚人了，那麼以前得養活一家幾口的父母該有多麼辛苦啊？回想起曾因為零用錢太少而埋怨父母的我，不免為自己的不懂事深感懊悔。

7. 過著享受各種微小樂趣的生活。在只有一間房的小空間裡邊吃著美食，邊看著好笑的節目，感受著小小的幸福。這才明白原來人生的滿足，正是源於微小的事物。隨著年齡增長，我更加追求基本的滿足與穩定，而非不切實際的欲望。

8. 飽受嚴重的憂鬱折磨時，懷念起自己有所依歸的安穩。曾經覺得家人的懷抱讓人悶得喘不過氣，夢想著獨居生活，現在回想起來才明白那不是悶，而是溫暖。當走出家門，實際出去闖蕩後，才發現原來世界如此冰冷。

不要生病，
也不要受傷。

好好活著，
就是最好的報復。

想要故障的日子

有些日子，我只想正式宣告故障。
任誰看了都覺得無法啟動的故障，
無論我做了什麼，不再有任何人在乎，
全都睜一隻眼閉一隻眼，

大家都是這樣生活下去的吧。
儘管身心都無法如自己所願運作，卻沒有任何人知道。
既然沒有任何人知道，那我也能若無其事般，
忍耐著生活下去。

不是因為活得好好的，才想嘗試故障一下，

而是我已經故障了，卻沒有任何人發現，
只因我一直忍耐著過生活。
於是，有些日子才會想要讓自己徹底故障一次。

讓自己無力到再也無法重新起身。
不需要無謂的希望與鼓勵，就讓無法啟動的自己休息一下。
讓所有人都覺得這傢伙故障得招惹不起。

為心塗上藥膏，在家裡盡情睡一覺吧。

因為沒做到而後悔的事

1. 沒能對討厭的人說些什麼就落荒而逃。當時的自己到底為什麼那麼害怕對方？換作現在的我，絕對會毫不客氣地罵他一頓。

2. 因為覺得麻煩而沒有去做某些事。當這些事日積月累後，感覺自己與整個世界脫節了，彷彿其他人都做過，只有自己不曾嘗試過，也開始懷疑自己是否落後於時代。早知道就算得擠出時間，也該多去體驗各式各樣的事。

3. 媽媽常對我說賺錢很重要，但懂得正確花錢也一樣重要。當看到與我經濟狀況相似，卻深諳精打細算的理財之道的朋友時，我才開始後悔自己太過揮霍。計程車錢、酒錢、買一大堆用不到的東西……早知道就該存點錢了。

4. 沒能過濾掉感覺怪怪的人，而被對方在背後捅了一刀。誤信了一個人，結果讓自己吃了虧。我現在才意識到，自己對某人「感覺怪怪的」那種直覺，通常都不會有錯，只是我太晚才明白這點。

5. 身體是很誠實的。當出現一點不舒服的感覺，就應該立刻接受治療。等到真的病倒，一切就太遲了。面對身體健康，不要吝於花錢看病，也不要覺得浪費時間。對此我真的非常後悔。

6. 關於沒有鼓起勇氣的事。因為擔心對方會討厭自己，不想讓自己受傷而找藉口，沒有好好表達自己的心意。早知道就眼睛一閉，勇敢向前衝了。無關結果，只是覺得多少留下了一些遺憾。我沒有坦誠地表達自己。

即使是相同溫度，有人覺得溫暖，有人覺得寒冷

將街道結成冰、將世界染成一片雪白的冬天，終於停下腳步，春天近在眼前了。四月，溫柔的春風拂面，盡享著這股柔情的我開口說道：

「天氣回暖了。」

回暖了。變溫暖了。溫暖。雖然還不是完全散發著春日的氣息，但已經讓人感覺十足的暖意。如果試著拿現在的天氣跟十月比較，會發現兩者其實很類似。十月與四月的氣溫幾乎差不多。白天陽光明媚，但晚上有些涼意。

啊，這樣一講才發現十月的時候……我根本沒用過「溫暖」這個詞。也就是說，當時我說的應該是「轉涼了」。四月與十月的氣溫沒什麼不同，人們的反應卻有所不同。四月時的反應是「回暖了」，十月時的反應則是「轉涼了」。或許，人們對於溫度的反應是取決於相對的感覺，而不是絕對的數值。

受到相對感覺的影響，而不是絕對的數值——「言語」與「關係」也是如此。言語與關係雖無法實際測量，卻顯然存在溫度；而且言語與關係的溫度，同樣是相對的感覺比絕對的數值更重要。因此，就算只是不經意的話，或是隨口說出的鼓勵，都可能足以讓某些人感到「暖意」；就算只是一點小爭論，或是不經意的玩笑，都可能足以讓某些人感到「寒意」。

換句話說，即使對方被我感動，也不意味著我有多了不起。或許不是我多麼懂得安慰對方，而是對方在聽見這番話之前的狀態，正好處於寒冷刺骨的冬天罷了。當對方為了雞毛蒜皮的瑣事而不開心時，同樣也不全然是因為小心眼，或許只是因為對方剛度過和煦的季節。換個角度想，當對方感到難過時，不一定是自己真的做錯了什麼。因為即使自己的表達相當溫暖，對方也可能會覺得寒冷。

除了這些之外，還有無數例子。

根據彼此所處的季節，當下的言語或關係，可能會變得溫暖或寒冷。我們隨時隨地都可能在不知不覺間被人喜愛，同時又在不知不覺間被人討厭。這可能是因為別人對我們先前的狀態一無所知，也可能是因為我們對別人先前的狀態一無所知。

忽然想起了一句話：緣分不是光靠努力就能實現。這句話說得沒有錯，但也不僅限於緣分。在人與人之間發生的一切，似乎都不是光靠努力就能有結果，還需要有一個像奇蹟般的「時機」，才能了解到彼此的努力；也就是「為對方付出的努力要恰巧符合彼此的季節」。換句話說，必須讓彼此努力傳遞出來的溫度感覺是「回暖」，而不是「轉涼」。這是一種奇蹟般的感受。

季節一如往常地更迭。今天的我，可能成為某些人的傷痛，但也可能鼓舞了某些人。對於某些人而言是離別，對於某些人而言卻是相遇。這樣想的話，心情也會變得輕鬆些。

光靠努力觸動不到的真心是「言語」；
光靠努力實現不了的東西是「緣分」。
我們生活在其中的是「季節」，
這個季節此時仍在持續變換著。

努力生長的指甲

稍微整理了一下在不知不覺間長得亂七八糟的指甲。明明不久前才修剪過的……它怎麼好像都長不膩啊。指甲每天大約會生長零點一毫米。努力地長了又長後，直到被我發現，喀嚓，一刀剪掉。只是……它又一如往常地，繼續生長。無論被剪掉多少，每天依然生長零點一毫米。彷彿與我作對似的，勤奮地生長著。

那麼，最終是不斷生長的指甲贏了？還是修剪指甲的我贏了？思考片刻後，我便放棄了。最終贏的是指甲。我終究無法剪完持續生長的指甲，勢必會先闔上雙眼；終究會有其他人替我整齊地剪掉指甲，而我將入土為安。

或許我對指甲賦予了太多意義，但我其實只是太羨慕它們了。我既羨慕它們無論被修剪了多少次依然有辦法繼續生長，也羨慕它們靠著勤奮取得最後的勝利。因為我所生活的世界並非如此。僅僅是小小的指甲就比我更勤奮、有毅力，最終成為贏家。這是活得連剪指甲都沒有餘力的我的一點小小感悟。

好好活著就是最好的報復

為了避免自己在人際交往中再次被人傷害，我萌生了一個信念。傷害我的人，想要看的就是我因為憤怒和後悔而崩潰的樣子。因此，真正的報復不是毀掉任何人，而是讓自己變得更好。為了讓他們見證這一切，我決定自己一定要活得更好。

別痛苦，也別崩潰，我必須讓自己好到認為這一切根本不算什麼。

我必須以正確的方式報復。絕對不能讓傷害我的人如願見到我崩潰的樣子，就算只有一點點，也要變得比以前更好，讓人羨慕不已。我要好好活著，好到讓對方後悔錯過像我這樣的人。毋須懷抱無謂的報復心而浪費情感，所有心力只要放在自己身上就好。

那些傷害你的人，最想看到的就是你崩潰的模樣。永遠不要忘記這件事，你要好好活下去。我們一起好好活下去吧。

你很帥氣，
也很優秀。
你會做得很好。
一切都會很好。
你一定做得到。
絕對會如願的。

正在成為

所謂為人，指的是作為一個人具備的品性或人格。
「作為一個人」的縮寫，是「為人」。
成為一個人。
成為，意味著性格的完整。

因此，完整我們的，
既不是「做過」，也不是「掌握」。
不是做過什麼的人、掌握什麼的人，甚至擁有什麼的人。
重要的是，正在成為什麼人。

我們可能在很多方面都不完整；

只要是正在成為，總有一天會變得完整。
我們不一定要取得什麼成就；
只要是正在成為，自然會形塑一個人的為人。

無論是誰高高在上看不起你，
無論是誰試圖用自己擁有的來無視你，
也絲毫不要動搖。
因為正在成為的你，根本沒有必要畏縮。

你確實正在成為，這樣就夠了。
無愧地炫耀自己全然屬於自己。
正在成為自己，就是你的驕傲。

正能量大躍進

置身於社會體系之中的我們，總是會面臨「先報告後執行」的情況。無論任何級別，事前都必須先讓其他人了解該如何運作，然後才開始實際執行。這是我們每天都在做的事，既然都已經變成習慣了，不妨也實際應用在自己的人生吧。

「會變成那樣。我要過這樣的生活。我做得到。先試試看再說。你很棒。你很優秀。我會做得很好。一切都會很好。做得好。絕對會順利如願。」

大致報告完自己的人生後，就正式開始執行。雖然按照報告內容執行很重要，但今天，我決定不再拘泥於細節。這也算是對自己一路以來如此辛苦人生的一點鼓舞吧？過去做得夠好了，現在也做得很好，一切終將會更好。在這瞬間正能量大躍進。

而這樣的瞬間大躍進，也將真的成為推動你前進的動力。

做自己喜歡的事就會幸福嗎？

做自己喜歡的事就會幸福嗎？假如時光可以倒流，你想對那個經歷很多困惑的你，說些什麼呢？

「如果做了會後悔，不做也後悔，那不如先去做再來後悔？」

「如果自己喜歡的事變成了工作，也會覺得工作讓人痛苦嗎？」

我選擇了寫作，也就是將自己喜歡的事變成工作的人。即便尚未親身體驗，也大概知道就算做了自己喜歡的事，也不一定會幸福。當時除了來自周圍的反對聲浪，還得因為自己沒有實際成就而在意他人的眼光。如履薄冰的我，每天都覺得前途渺茫。當任何事成為「工作」的那一刻，意想不到的壓力就會隨之而來。

因此，如果可以回到過去，我會阻止當時下定決心「我要做自己喜歡的事」的自己。

因為這比想像中還要辛苦，甚至對身體健康有負面影響，心理上也會承受許多痛苦。還是選擇另一條可預測的道路吧。

不過，我換了個角度思考。

如果我沒有做自己喜歡的事，而是選擇了可預測的那條路，結果過著與現在完全不一樣的生活。假設同樣在經過一段時間後，再次回到過去，那我又會對自己說些什麼呢？

如果是這樣，我一定也會阻止自己。阻止自己去走那條可預測的路。

去做自己喜歡的事吧。可預測的路顯然會很無聊啊，不會有人比你更了解自己了。一旦選擇了那條路，你每天都會過得很痛苦。還是選擇自主性強一點的工作吧。

關鍵不在於想做什麼。無論選擇了哪一條路，人永遠會覺得沒選擇的另一條路看起來更新奇、更有價值。人只要身處安穩的狀態，就容易被新事物吸引，因而認為自己選的這條路最艱辛、折磨、乏味。

既然如此，與其關注自己喜歡的事，不如把重點擺在人類與生俱來的欲望上吧。「人對無法輕易實現的事存在欲望，因此跟隨這個欲望是最舒服的方式」，這應該是最中立的看法。舉例來說，人人都有像是「想變有名」、「想賺大錢」、「不想做會被干涉的工作」之類的遠大願望。當以宏觀的角度來看時，只要目前從事的工作與這些欲望有一定程度的吻合，那就不需過度思考未來或做太多計畫，只要繼續做下去即可。然而，如果覺得自己所做的事與這些欲望完全相反，那麼另一條路或許是能讓你不那麼後悔的選擇。

只要堅定地走下去，一定會出現別的路。只要相信自己選擇的路，這條路就會引領我走向更好的機會。我此時此刻的計畫，在未來會有很多改變；我此時此刻感興趣的事，也會持續變換。所以，如果能回到過去，我想對自己說：「任何事都不要計畫得太遠、決定得太快。」因為，無論我做了什麼樣的選擇，相反的選項看起來永遠都會顯得更新鮮有趣。

不過，可以確定的是，人一定會在自己選擇的路之外看見其他的路，而且除了握在自己手中的選項之外，世界上還有許多有趣且吸引人的事物。現在腦海中的計畫，將來勢必會改變；而自己的喜好，將來也肯定會改變。單純靠著「喜好」、「興趣」與「計畫」做出的決定，必然會受到許多變數的影響。

選擇了，就不要後悔。無論做了任何選擇，沒能走的那條路都會讓人遺憾。

後悔了，就努力奔跑。相信自己，支持自己的選擇。

如果做不了選擇，請記住這件事。

只要我們一刻也不停歇，永遠就有一顆青春的心。

不要過於糾結，隨心所欲吧。

因為那就是你的本性引領你去做的事。

只要一刻也不停歇，
就能保持青春的我們，
別再計畫太多，
隨心所欲吧。

我支持你的「嘗試」

世事可以分為兩種：一種是沒嘗試過也知道的事，另一種是沒嘗試過就不會知道的事。前者是因為你有過類似經歷，後者則是因為完全沒有相關經驗。因此，世上也存在兩種恐懼：因為了解太少而感到恐懼，以及因為了解太多而感到恐懼。前者是基於無法想像，後者則是想像得太完整了。因此，無論經驗多寡、是否嘗試過，對於世界我們總是充滿著恐懼。

無論是工作、關係或愛情，無論是重新開始自己恐懼的事，或是著手進行因為恐懼而沒做過的事，我都支持你的「嘗試」。克服預料之中的恐懼的，你的嘗試；克服無法預料的恐懼的，你的嘗試；鼓起勇氣向前跨出一步的，你的嘗試。因為「嘗試」這個行動本身已經無價，不論最後是走向成功或是全新的考驗。

我再次為你的嘗試加油。

在很大的程度上，世界之所以溫暖，是來自於你的嘗試；世界之所以成長，也是來自於你的嘗試。即使不一定會發生什麼事，「嘗試」本身就是一種奇蹟。我再次支持你的嘗試。

嘗試。

你的嘗試。

那一次的嘗試。

光是這詞彙，便足以使人感覺綠芽萌生似的盎然。

3

好關係，壞關係

關係就像植物

關係就像植物，用心灌溉可以開花結果，不理不睬便會枯萎凋謝。關係是很憨直的，既不會自己成長，也不會自己枯萎。不給予關心，等同於漠視。所謂關係，向來都是取決於關心或不關心，既坦承又簡單。如果給了許多關心卻絲毫不見成長，意味著這是一段爛根的關係；如果給予些微關心就能茁壯成長，意味著這是一段讓心靈備感滋潤、不該錯過的關係。

因此，不要獨自為已塵埃落定的答案患得患失。不要再將關心浪費在早已爛根的關係上，而要用心對待健康的關係，不要對它漠不關心。不要極力否認與挽回預料之中的結局，也不要拚命否認與破壞發展順利的關係。

即使人不會變，但關係會變

我曾經接到睽違幾年沒聯絡的朋友的電話。寒暄幾句後，對方便坦白自己需要幫助，而我婉拒了他的請求。在對方繼續提出請求，我還是堅持拒絕時，換來了一句話：「你變了很多」。

人生在世，其實很難見到完全變成另一個人的人。大家都明白這道理吧，人是不會輕易改變的。因此在「你變了很多」這句話中，真正改變的不是「你」或「我」，而是我們的關係。假如不是如此，那麼我們或許只是對彼此有誤會，畢竟人本身發生改變的機率實在微乎其微。

我沒有打算反駁「你變了」這句話，但也不代表我認同。換句話說，不過是我們的關係還不到需要我消耗精力再三解釋的程度罷了。僅此而已。因此，雖然我沒有做錯任何事，卻還是用「對不起」來結束對話。

關係比人更容易改變。隨著歲月流逝，一點一滴地改變著。不是我變得冷淡，而是我們之間變成了有辦法像這樣輕鬆拒絕就結束的關係。敵不過歲月的洗禮，自然而然就變成了這樣。

沒有永遠的關係

隨著我與曾經最好的朋友日漸疏遠，他最好的朋友就改變了；隨著我與曾經疏遠的朋友頻繁見面，我最好的朋友也會改變。

曾經最愛的人，瞬間成為陌生人；曾經陌生的人，瞬間成為呼吸般的存在。

或許，這是再自然不過的道理吧。承認並接受這個事實，人生會好過一些。

沒有永遠的關係，沒有永遠的愛，也沒有永遠的人。

在複雜世界裡，減少被關係傷害的方法

1. 不去在意討厭我的人，而要在乎喜歡我的人。不需去探索別人討厭我的原因；那些認為我不好的人，無論如何都能編出理由來討厭我。請記住這一點。

2. 當自己示弱時，對方很可能會成為世界上最讓我痛苦的人。因此，只需要讓身邊少數幾個人知道自己的弱點就好。千萬不要一時被感情沖昏頭而掏心掏肺，這樣就不會受傷了。

3. 感情不會有利息。如果想要收到超乎自己付出程度的回報，最後空虛的只有自己。如果要付出的話，請放下想要得到超乎付出程度回報的念頭。

4. 當別人對待自己的態度突然轉變時，需留意對方是不是為了從自己身上取得利益才假裝獻殷勤。

5. 不必花時間糾結於不知何時才有辦法改善的關係，而應珍惜當下寶貴的關係。如果真的是屬於我的人，勢必會很快察覺到我為了改善關係而付出的努力。試著努力，但不要費心過久。

6. 在社會上建立的關係，鮮少不存在任何代價，務必記住這一點。善意的背後，往往存在相對應的代價。在施與受的過程，要永遠記住這個道理。

7. 記住，沒有永遠的關係。尤其身處現代如此繁忙的世界，昨天的敵人可能是今天的朋友，昨天的朋友也可能是今天的敵人。一切都不斷在改變。請堅定心志，毋須患得患失。同時，也不要掉以輕心。

如果對方犯下無法寬恕的錯誤時，
那就放手吧。

反正，
同樣的錯誤終將再犯。

不消耗情緒的聰明方法

1. 不要只顧著付出，卻因為彼此心意無法相通而獨自痛苦和埋怨

真心與否，取決於對方，而不是自己。自己也該為沒有察覺對方不會接受自己的心意，負上一些責任。如果在理解這個事實後，依然感到很傷心的話，不妨記住：這些過程是為了培養自己「看出懂得欣賞我的真心的人」的眼光。

2. 在背後說閒話是人類的天性

人啊，一旦當事者不在場，就算是血濃於水的家人也會忍不住開始說閒話。在背後說閒話，並不意味著真心討厭對方。大可不必為了私底下的閒話而感到失望或被人背叛。否則，很容易在關係中變成最容易受傷的一方。只要頻率與程度不算太過分，不妨這麼想吧：說閒話不過是人類的天性罷了。

3. 不必過度挖掘別人的另一面

不要因為對方是自己喜歡的人、愛的人，因此好奇甚至去挖掘對方隱藏的一面。這點不只適用於情侶關係。任何人都存在想要隱藏的喜好或過往。強行挖掘出他人無法欣然說出的祕密後而感到失望，這只會使自己難以與他人好好相處。挖掘與深入了解是不一樣的。人際相處應該要順其自然地深入了解，而不是刻意追根究底地打探。

4. 江山易改本性難移

我們的內心會相信某個人，但在相信對方的同時又試圖改變對方的話，那就太過自以為是了。人是很難被輕易改變的，也不可能被改變。如果真的重視對方，不妨嘗試包容他的缺點，而不是費盡心思地想要改變他。如果對方真的犯下無法寬恕的錯誤時，那就放手吧。反正，同樣的錯誤終將再犯。

致輾轉難眠的你

有些日子，格外難以入眠。腦海中充斥著無數思緒和妄想。關於期望沒有實現的失望，甚至對連在夢中都能動搖自己的脆弱感到無助。關於無法擁有的遺憾，以及對無法抓住或放手的事物的執念。

我想對輾轉難眠的你或我說些話。當你為自己努力很久卻沒能留下些什麼而感到遺憾時，其實意味著自己正在走向另一件珍貴的事。如果你被某樣東西吸引，那麼在這其中必定蘊含著美好之處。如果你連打斷筋骨也不願放手，代表它存在讓人再痛也值得的價值。經歷了這些遺憾，使你陷入後悔，但總之這一切已不屬於你了。

在這個凌晨時分，你和我都在想些什麼呢？因煩憂、苦惱而輾轉難眠的人是如此多，凌晨才會充滿喧囂，讓人無法入睡。當這漫長的凌晨結束了，陽光終會普照。我想對你說，我們總是要懷抱著幻想和期待，等待著未來。

容易被情緒影響態度的人

總是被情緒影響態度的人，最好避開。
這不是因為對方的性格糟糕，
而是避免讓對方覺得自己是個特別隨和的人。
隨和的人尤其容易遇上這種情況。
與其說對方真的是一個性格不好的人，
不如說這個人就是只對我一人不好。
或許對我來說，比起本性惡劣的人，
只對我一人糟糕的人，來得更惡劣。

「他應該不是那樣的人吧？」別再被這種話迷惑了。
相較於本性惡劣人，只對我們不好的人才更惡劣。

人的真正價值

快樂的時候比難過的時候更能看清一個人的真正價值。
從容的時候比狼狽的時候更能顯現一個人的真正價值。
因為，困難時的謙遜與關懷，源於處境，
不困難時的謙遜與關懷，則是發自內心。

比起難過時，當我快樂時周遭人的真正價值就會顯露出來。
因為，儘管任何人都懂得給予同情的鼓勵，
但不是任何人都能給出真心的祝福。

不想再見到的人

1. 試圖控制我的人。就算曾經在哪裡擔任過什麼領導者，也不該趾高氣昂地把所有人都當成下人。這種人是遇強則弱，遇弱則強。人總是有強有弱，但絕對要避開那種只對弱者展現強勢的人。

2. 酒品差的人。雖然不清楚他們到底是裝的或真的容易被酒精控制，總之我會遠離這類人。畢竟成人的社交文化大多離不開喝酒，和這種人扯上關係實在太累了。

3. 對自己稍有不利就撇清關係的人。人與人之間的相處，本來就不是每個人都知道該自己看著辦或忍讓、傾聽、順從，但有些人只要一遇到對自己不利的狀況，便會立刻裝糊塗。不惜說謊，也要假裝不記得矇混過去。

4. 有暴力傾向的人。不只是動手打人，還包括會開這類玩笑的人，這也是暴力的一種。無論是在什麼家庭環境中成長，都不該如此。與這種人來往，自己總有一天也會受到牽連。

5. 以自我為中心的人。他們所有決定的標準都來自自己，無論是休假、上下班等時間觀念，或是生活的地方、喜歡的食物等，從來不考慮或同理他人處境。跟這種人相處讓人覺得窒息。無論他們是惡意或本性如此，只要和這種人在一起，我都覺得心好累。

6. 在人前笑臉相迎，卻在背後捅刀的人。這裡指的不是在背後說別人的壞話，而是在大部分的人面前表現得友善親切，但一轉身就變成另一副嘴臉的人。這種人時常無謂地充滿仇恨與自卑，我曾經差點成為他們的受害者。

與我在一起的人就是我的未來

對我來說，哪些時光珍貴、哪些時光不珍貴，取決於自己當時與什麼人一起度過。即使某個人被認為很有價值，但不意味花越多時間在他身上就越有價值，也不意味和了不起的人在一起的時光，就很有價值。重要的是，「我與這個人在一起時所得到的價值」。然而，社會上多數人卻急於將關係維繫在「在一起的時間」與「對方的評價」上。

我們的未來，取決於我們至今度過了哪些有價值的時光。

也就是說，現在在我身邊的人，就是我的未來。

經歷了過去，來到了現在，而未來很快就會到來。這是令人既期待又煩憂的事實。與陪伴自己的人們一起共度的時光，推積出我的未來。儘管一直以來看似是我獨自一人完成、累積了些什麼，但最終都是與我相伴、相互學習和支持的人，引領我走到今時今日，往後仍會如此。

因此，如果身邊有不停散發負面情緒的人，請盡量遠離。無論在一起多久，時間終究改不了這個事實。就算這個人的外在評價多好，對自己來說也會是個毒藥。既然江山易改本性難移，耗費時間去相信一個人會改變，無疑只會讓自己的未來變得消極負面。

如果身邊有向你灌輸正面情緒的人，請不要將這一切視為理所當然。如果覺得和他們相處是有價值的話，必須給自己一些警惕，以防因為厭倦了這些相處時能讓自己感覺被重視的人，而遠離他們。

「忠於當下」指的就是這個意思。摧毀我的現在的人，也會摧毀我的未來；讓我的現在變得有價值的人，也會讓我的未來變得有價值。今天的你因為某個人而感到難過或幸福，或許不是什麼大不了的事，但只要想到自己身邊的人可能會改變你的未來時，便沒有理由再認為此刻與自己在一起的人沒什麼大不了。

現在與我在一起的人，就是我的未來。

能長久維持關係的人的共通點

1. 好好表達

不只是一般對話，即使因為彼此的理解有誤而表達心情受傷時，也不會越過界限。明白雙方不可能完全相互理解，因而深知表達的重要性。一再重複錯誤表達方式的關係，絕對不可能長久。

2. 明白傾聽的重要性

鮮少發生打斷對方説話、顧著發表自己的主張，或是不專心聽對方説話的情況。他們大多明白傾聽在一段關係中的重要性。他們明白傾聽不僅在社會生活中很重要，在關係中也同樣重要。這是一種無可取代的療癒與支持。

3. 出乎意外地不拘泥於承諾

雖然在一段關係中沒有什麼比「遵守承諾」更重要，但他們在不對自己造成太大傷害的範圍內，能對他人違背承諾時給予寬容。如果違背承諾的行為會帶來某種程度的傷害，比起執著於承諾本身，他們會更在意傷害的程度。其實，過度拘泥於承諾，會消耗太多情感。如果彼此不是像情侶一樣的緊密關係，對一些小承諾睜一隻眼閉一隻眼，可以大幅減少關係中的壓力。畢竟，整個世界忙著運轉都來不及了。

4. 尊重差異

那個人和我不一樣，這不是對錯的問題。我不是對方，對方也不是我，彼此之間難免就會存在差異。這種人在面對爭論的局面時，往往會在適當表達自己的意見後，便選擇退一步。可謂是絕頂聰明的人——因為他們清楚非得與對方爭出高下的壓力，其實是傷害自己的毒藥。此外，在他們退一步後，對方會為自己的應對方式感到抱歉。唯有明智的人，才懂得創造這種既能減輕壓力，又能得到認可的情境。

5. 明確表達拒絕

因為不喜歡拒絕請求時的尷尬感，所以很少人會直接拒絕，或曖昧地拖延到對方放棄為止。無法果斷拒絕的情況若持續下去，只會讓自己與對方都感到疲累。當然，如果是基於擔心拒絕自己重視的人，而使對方感到傷心的話，也可能抱持自己吃虧也無妨的想法，盡力協助對方——只要認定對方是自己人，自然就會願意付出。

好好給予，好好接受

我媽媽說，世上最缺德的行為，就是施恩望報。這麼做不是德行，而是惡德。與其這樣，倒不如不施予。

「借人就當作給人一樣；如果要施予，索性當作自己將會永遠忘記這件事。無論是施予或接受的一方，都不要不愉快。若非如此，乾脆別施予也別接受。如果要退讓，就要好好退讓；如果要給予，就要好好給予。即使有意願接受，也別在狀態不允許的情況下勉強接受；即使有意願給予，也別在狀態不允許的情況下感到可惜。」

無論是給予或接受，如果要做就要好好做，才不會衍生出更多問題。

有勇氣被拒絕，以及有勇氣去拒絕

這裡有位急需用車的人。由於租車有特定流程，因此他不想租車，而是打算以更有誠意的租車費向好友借車，並將油加滿後再歸還。生性不喜歡麻煩別人的他，向來不太會提出這種請求，但實在是狀況緊急。於是，他打了通電話給從以前就非常信任彼此，還順利有過幾次金錢往來的朋友。

打了通電話給那位朋友。

朋友接起電話。

鼓起勇氣說出自己急著借車的原因。

沉默了片刻，朋友表示考慮一下後再回覆。

這裡有位剛買到夢想愛車不久的人。即使在別人眼中不是什麼豪華車款，但他對這輛車投入了媲美對待寵物般的疼愛。某天，接到好友的電話，對方提出想要向自己借車的請求。對方表示自己願意支付借車的費用，並且會在使用後加滿油歸還，更保證會安全駕駛。由於是完全出乎意料的請求，因此他似乎需要考慮一下。於是，他告訴朋友，自己需要時間想一想。

首先，錢與油都不是問題。性格謹慎的他，擔心起可能會發生的情況。兩人是對彼此信任的關係，其實就算不收錢也大可直接把自己的東西借給對方，只不過車子似乎是個例外。一來是因為車子對自己來說是無價之寶，二來則考量到交通意外也不是僅靠駕駛小心就能避免的。同時，也擔心車內會被弄髒。撇開這輛車的實際價值不談，自己實在沒辦法達到對方就算一借不還也無所謂的境界。況且借出去後，自己好像還有好多事得擔心。再加上，假如這不是最後一次，而是每當對方有需要時就提出想借車的話，自己豈不是每次都得煩惱一樣的事。

考慮結束。

他打了通電話給提出借車請求的朋友。

朋友接起電話。

鼓起勇氣開口說出自己沒辦法借車，不過會幫忙打聽一下有沒有方便借車的人。

無論是再怎麼親近的關係，即便是血濃於水的家人，請求與拒絕都是非常敏感的事。但事實上，越是深厚的關係，提出請求的人與決定拒絕的人，都越需要謹慎地鼓起勇氣。

提出請求的朋友或許是擔心再多問下去會造成對方困擾，所以只簡單說自己明白了，便打消念頭。

另一方面又擔心對方會為此感到抱歉，

因此多補上一句「找個時間一起喝杯咖啡吧！」

拒絕的朋友聽見後，

立刻回了句「喝什麼咖啡？當然是找個時間一起喝杯酒才對！」

此時因請求與拒絕而瀰漫在彼此間的尷尬已消散，

兩人也開始開起玩笑。

開玩笑地說起「雖然有點難過，但看在是你的第一輛車，這次就先放你一馬」。

接著又提出另一個請求，

「如果你可以幫我打聽一下，我會非常感謝。」

這點小事對彼此來說根本不足掛齒。

他決定認真為朋友打聽周圍有沒有人願意借車。

請求需要勇氣，拒絕也需要勇氣。有句話說，借出某樣東西時，要抱持直接給對方也不會心疼、不見了也無所謂的態度再借。同理，在提出請求時，也要抱持就算被拒絕也沒關係的心態再開口。如果只有提出請求的勇氣，卻沒有被拒絕的勇氣，這段關係十之八九會出現嫌隙。

有時，當我們拒絕了某些請求，有些人會將我們視為「無情」的人，並列入黑名單；他們甚至還會散布關於我們「變了」的謠言。儘管可以理解被拒絕的人的失望，但這過程與結果似乎都錯了。無論再怎麼傷心、不滿，他們似乎不明白決定拒絕的對方與提出請求的自己，都一樣需要勇氣。只因為被拒絕就將對方視為壞人，其實錯的反而是沒有勇氣被拒絕的自己。

拒絕請求，不等於一個人是無情的，也不等於一個人變了；相反，這是體貼地煩惱對方的請求後，並為了保持彼此關係不變而鼓足勇氣拒絕。被拒絕，不代表不被重視，也不代表不被信任；相反，這是因為相信彼此的關係，並相信對方不會因為小小的拒絕而導致關係出現裂縫。

如同請求與拒絕都需要勇氣般，接受拒絕也需要相當大的勇氣。

因為害羞而無法對好友說的話

1. 你真的做得很好。儘管我們經常開玩笑，但有時覺得你像個真正的大人一樣，讓人感到安心。我希望你相信，我永遠以你為榮。

2. 當愛情來到各自的人生時，儘管我們會因為相處時間減少而感到有些落寞，但希望我們不會因此變得疏遠。雖然我們不能再總是膩在一起，但希望我們有空見面時也不會感覺尷尬或有距離感。

3. 有一天，你約了我見面。你都不知道我有多擔心你會因為我推延邀約，而認為我是在裝忙。雖然在社交生活中，這類事經常會發生，但就算已經過了一陣子，我一想到這件事，依然覺得你可能會有點難過。雖然我知道你不是會把這種事放在心上的人，但我還是覺得很抱歉。下次我再請你吃好吃的。我想謝謝你不會把這種事放在心上，也謝謝你的理解。

4. 朋友啊，雖然我們有時會因為喝了酒而變得跌跌撞撞，但我們都不要跌跌撞撞地活在這個世上吧。有時，就算被石頭絆倒了，也要把塵土拍一拍後，重新站起來。如果單憑一己之力很難站起來的話，我希望我們的肩膀可以成為隨時借給彼此的依靠。

5. 填補孤獨的方式有很多，像是愛情、家人，還有友情。所以你啊，在某種程度上填補了我用任何東西都無法填補的空虛。畢竟對戀人或家人的不愉快，我都會向你傾訴。在你面前像個孩子一樣，說著自己有多難過、多委屈……我還能在哪裡做這些事呢？是你填滿了我空洞的心，讓我得以活下去。我想對你說，我真的很感謝你。

6. 我們已經一起走了這麼久了……世界一直在變，只有我們的關係不曾改變，我想對一直以來包容我的你說聲「辛苦了」，然後再對包容你的我說聲「辛苦了」。以後也麻煩繼續辛苦下去，我們要永遠在一起。

彼此相知的，
珍貴的人啊，
我們永遠在一起吧。

說出來，對方才會懂

去醫院看病時，通常聽到的第一句話會是「你好」或「哪裡不舒服嗎？」接著，病人會回答「〇〇不舒服」。不過，這樣還不足以說明情況，所以大部分病人都會繼續說下去。

「我是因為覺得〇〇不舒服才來的。有時候怎樣怎樣，有時候又怎樣怎樣。大概持續多久時間了，多少有點擔心啦……然後也覺得這個地方有點奇怪……。」

病患往往滔滔不絕解釋著醫生只要檢查後就會知道的內容。由於醫生是專家，即使你對某個症狀只是粗略提及，他們也會點頭示意並進行診治。

實際上，這段簡短對話的第一句話「哪裡不舒服嗎？」只是代替「歡迎光臨」的問候語。看到有人來醫院時說「歡迎光臨」……氣氛難免太滑稽了，好像「我等你生病很久囉」一樣，所以詢問哪裡不舒服似乎是比較自然的問候。

換句話說，即使少了「哪裡不舒服嗎？」這句問候，我們依然會在坐下後主動說明身體哪裡不舒服。我們不會希望自己走進醫院後，只是呆呆地坐在那裡等待別人先和自己搭話；當然也不表示我們會毫不在意地說：「我生病了，治療的部分就麻煩您自己看著辦吧！」然後隨便接受一下治療。我們除了主動告知自己不適的地方，也會詳細交代自己的症狀，希望能夠找出病因，並得到妥善的治療。

我想，心理的治療也應該如此。就像身體不適時，我們會仔細說明哪裡有問題、在什麼情況會變得更嚴重或難受，當心理不適時也該使用相同的處理方法。至少也應該藉由直接與對方溝通，來修復不舒服與痛苦的心。更何況，對方並不像醫生一樣是專家，所以需要花更多時間進行更深入的交談。

當我們嘗試釋放某些情緒時，若只是一味等對方先表達自己的感受，或是選擇以「反正我就是不舒服，你快點讓一切恢復原狀！」的方式表達，最後都只會讓誤會越滾越大。雖然不能期望從對方身上得到專業的治療，但就說明心理鬱結這點來說，身體與心理的治療有著相同的本質。

仔細回想，我發現自己常採取不太理智的方式。這是完全不恰當的方法。要麼是什麼也不說，卻期望對方可以明白；要麼是繞著圈子講了一大堆，卻埋怨對方聽不懂。這樣的情況令人生氣和沮喪。這種方式就像強迫對方理解我的感受，並非真正的溝通和理解。

請務必記住，在我們面前的並不是心理專家。即使是心理專家，也不可能這樣就能解決一切。面對情緒、關係以及心理的問題，我們都是不夠擅長的人。因此，應該將負面情緒暫時放下，減少情緒波動與調整呼吸後，好好表達自己的感受。如此一來，才能互相進行正確的治療。唯有對彼此有正確的理解時，才可能得到正確的治療。

現在還不算太晚，請試著好好表達自己內心的感受吧。不願表達卻期望他人能明白你的想法，這並不會改善任何事。

習以為常

〔自動詞〕經常接觸或經歷後，變得熟悉的狀態。
這是「習慣」在字典裡的意思。

習以為常，是因為頻繁的往來或陪伴，進而成為熟識的狀態，
而不是因為頻繁的往來或陪伴，進而成為可以隨便對待的狀態。

越是頻繁相處，越該好好珍惜；
越是熟悉，越該小心翼翼。
儘管面對已經相處很久的人，
很難以全新的眼光來看待，
也該銘記對彼此的感激之情，

並且抱持著隨時可能離別的心態，
全心全意珍視這個習以為常。

儘管我們的關係已經變得習以為常，
但絕對不是會隨時間消逝的關係。

希望我們不只內心這麼認為，還能透過言語與行為表現出來。

心意就像禮物

心意就像一份珍貴的禮物。一旦失去了，就很難再回到從前。收到的禮物一旦遺失了，就算再買一個一樣的東西，也不再蘊含相同意義。

如果不是當初收到的那份禮物，即使外觀一樣，也不再令人滿意。

已失去的心，就算重新找回來，也不再有意義了。

對自己和對方來說，這已經不再是當時那份珍貴的心意了。

不要因為習以為常而隨便對待收到的心意。

也不要花太多時間去珍藏一份根本不是禮物的心意。

心意一旦失去了，就很難再恢復原狀。

心意就像是一份禮物。

請記住這一點，隨時都要懂得珍惜，但也不要花太多時間去尋覓已經失去的東西。

各方面都存在期限

人體細胞每經過一段時間就會被破壞，被破壞的細胞會被新生的細胞取代。細胞會自己分裂與再生，這過程不斷地重複。隨著時間的推移，再生週期會逐漸變慢，也就意味著老化的開始。

每個身體部位的細胞再生週期都不同，其中脂肪細胞的再生週期是最長的，約需八年的時間。於是，我開始產生了一個想法。隨著時間的推移，細胞被破壞後，又產生新的細胞……接著又被破壞，再產生新的細胞。在重複經歷這些過程後，我已經不再是原本的我了。不知不覺間，隨著我的誕生而初次產生的細胞早已消失，全都被新產生的細胞取代了。因此或許可以說，人每隔八年就會變成一個全新的人。只是，誰也不曾察覺這件事。你我都在懵然不知的狀態下，活到了現在。活到三十歲的我，其實已經蛻變成新的人三次了。

雖然在媽媽眼裡，我看起來依然是個乳臭未乾的孩子，但其實我每隔幾年就會完全失去自己，然後一次又一次地成了全新的人。雖然在朋友眼裡，我看起來始終如一，但實際上，我和朋友在一起的期間，已是蛻變過的人了。

是的，變了。這種變化不只發生在身體上，就算自己不知不覺，很多事情也都在改變。即使因太過熟悉而連改變都渾然不知，卻已在無形中產生了各式各樣的更新。由於這些新東西就像我的身體一樣屬於我，所以才會因太過熟悉而沒有察覺到。

因此，那些我們總以為如常的一切，其實早已不再如常。連自己的身體都不再如常了。只不過當這一切仍屬於我的時候，我將它們看得太過理所當然，所以才會連發生改變都不曾覺知。正是活在諸如此類的熟悉之中，生命才會一而再地令人措手不及。以身體為例，猝死就是最好的體現。

當面對突如其來的低潮時，如果我的熱情也會不斷分裂與再生，或許只是再生過程久了些。對一段關係感到懷疑時，如果關係也會不斷分裂與再生，或許只是再生過程慢了些。離別的時候到了，如果感情也會不斷分裂與再生，或許只是再生過程吃力了些。瞬間，啪的一聲，人生可能突然就會結束。就像原本支撐著的東西被猛地切斷，啪的一聲變成了死亡狀態。

即使包括我自己在內的人都沒有察覺，但每隔八年就會脫胎換骨的我已經不一樣了。因為太過熟悉所以沒有人發現，但無疑在經過數次分裂與再生後，我已發生改變。然而當再生週期逐漸趨緩時，改變就容易被發現，此時老化現象已顯而易見。

一切就在這樣無止境退化與誕生的過程中老化，向我步步逼近，甚至連此時此刻也正迎面朝著我而來。其實，所有感覺突如其來的任何事，從來就不是突然發生的。不過，也不必為此感到自責，所有人都是這樣活過來的。明知沒有什麼是永恆的，卻始終緊抓著有限的東西不放，並深信它是無限的。只因為習慣了，而察覺不到一切正在慢慢地改變。

但從這一刻起，我們沒有理由再安於現狀了。能洞察出某些事正在不停老化的方法，是不再對「自己擁有的一切」安於現狀與習以為常。唯有自己時刻意識到細微的改變，才是預防老化與腐鏽的潤滑劑。

人終須一死，我也終有一天會死去。既然我終將死去，那麼就算我在明天死去，也不足為奇。其實，一直以來視為理所當然的如常，根本從來不曾如常。

就算是我也一樣

我曾在觀看怪物電影時，對於在緊急時刻沒逃跑而是愣在原地的主角感到鬱悶。

「拜託……不要呆站在那裡，快點利用這個時間逃跑啦，笨蛋！」

然而，我自己在空無一人的夜路上，

也曾被一個沙沙作響的聲音嚇得動也不敢動。

觀賞運動比賽時，

內心想著「唉，那個人應該要那樣，然後這個人應該要這樣才對啊……」的我，

彷彿比職業運動員還要厲害，

但實際進行類似活動時，

才發現連在很簡單的情況下，思考與動作卻完全是兩回事的，
那個當機的自己。

每個人都會在某些情況下，氣急敗壞地想著「如果是我……」，
但其實「就算是我……」，也不會有什麼不一樣。
事實上，在很多情況下，「如果是我」反而可能更糟糕。
世界並不如想像般會按照自己的想法運作。
別人看我也是如此。
在他人眼中，我也只是一個讓人感到鬱悶的人。

雖然教別人很簡單，
但受教的人可能對我心生不滿。
稍微改變一下評價他人的態度，

對所有人都有好處。

不要只想著「如果是我」，而要考慮到「就算是我」。這是讓自己降低對周圍人的敏感度，並避免讓自己生氣的聰明方法。

扭曲的話語

「那個……你知道那件事嗎？聽說○○○和×××在交往耶？聽說是○○○先告白的。」

「我是從一個很好的朋友那裡聽到的，○○○因為喜歡×××，才總是跟在她／他旁邊。」

「這是我聽一個認識的前輩說的，你知道○○○和×××在一起吧？聽說×××不太喜歡○○○，但不知道為什麼這樣還要交往。」

「你知道嗎？○○○好可憐喔……聽說是因為○○○喜歡×××，所以一直跟在她／他旁邊，×××才終於答應交往的。」

稍微檢視一下這個傳聞，實際上我們無法知道兩人到底是不是真的在交往，也無從得知先告白的人是誰。只是，不知從何時開始，兩位主角的交往好像變成理所當然的事，甚至連是誰先愛上誰都已經決定好了。這些全都是第三者或旁觀者口耳相傳的內容。即使沒有任何人親眼目睹，只憑「聽說」就直接做出了結論。但因為是「聽說」，實際上整件事該被歸列在未知的領域，比較偏向「猜測」與「想像」，而不是「事實」，就像「聽說有隻九尾狐住在後山上」這種荒謬的故事一樣。

話語這種東西，每被傳播一次多少就會被扭曲一次。對話就像開車，並不是只要自己夠小心就保證不會發生意外。一段話不是自己有好好表達，就保證會被確實傳達；同理，也不會因為自己有好好傾聽，就保證能完美地傳達給下一個人。記憶本身可能會發生扭曲，也可能因為對方情緒激動而被誇大。最後，在無數對話的一來一往之中，碰一聲出了狀況。無關惡意與否，終究會演變成這個局面。要說有什麼原因的話，大概是因為每段話都一定會參雜著說話者的主觀見解。

因此，嘗試釐清傳聞時，通常並無法找出答案，往往只會增加誤會。

「他真的是那種人嗎？」「是誰說了那種話？」「是因為討厭我嗎？」這類

想法一再出現，只會讓自己越想越傷心。

如果把想法放得更遠些，其實傳聞真的不值一提。事實上，那些傳聞可能根本不會存在。我聽說的傳聞，可能根本就不是「傳聞」，而是被以訛傳訛成「傳聞」的個人意見，或是經過自己曲解的結果。除非傳聞發布者與聽見傳聞的人同時作證，否則任何關於「聽說」的內容都只是想像出來的話而已。就像「後山住著九尾狐」的傳聞一樣。

因此，無論是任何話語，不全盤接收有益心靈健康。不管聽見什麼話都不要百分百相信，要抱持半信半疑的態度。透過「或許吧」或「嗯也有可能是這樣」的方式左耳進右耳出，才是避免增加誤會與痛苦的好方法。

話語會隨著傳播而逐漸扭曲。因此，你我的生活世界充斥著扭曲的話語。我最近常在想，雖然人有兩個耳朵是為了使用雙耳傾聽，但也有可能是為了讓人可以從一個耳朵聽見不必要的話後，再從另一個耳朵流走。

我真正的聲音

每個人應該都有把自己的聲音錄起來後，播放來聽的經驗。明明是自己的聲音，聽起來卻十分陌生，甚至還可能不喜歡那個聲音。

就生物學的角度來說，人類由外聽見自己的聲音時會感覺格外彆扭。我不禁開始思考，我聽見的自己的聲音，以及錄音後聽見的自己的聲音，究竟哪個才是我真正的聲音呢？答案是後者。聲音，是來自聲帶的振動。當我說話時，經由聲帶振動發出的聲音會傳遞至耳朵，同時也會聽見由嘴巴發出的聲音，所以實際上自己聽見的是混合以上兩種路徑的聲音。

「雙重標準」是近來相當流行的詞彙，與「只許州官放火，不許百姓點燈」的意思差不多，指稱嚴以律人、寬以待己的人。在內心深處的正面與負面情緒之中，只挑選對自己有利的那一種。

雖然「雙重標準」在某種程度上是能讓人活得比較舒服的方法，但如果

濫用了，就會變成人人受不了的對象。

人擁有信念是很正確的事，只是這個信念不一定永遠正確；人擁有自信也是很正確的事，只是這份自信同樣不可能永遠正確。在所有人都說「是」的時候說「不」，表達自己的想法是很正確的事，但這也不可能永遠正確。在區分「不一樣」與「不正確」時，自己的想法也可能是錯的。

或許，你我都過著不清楚自己真正的聲音為何的生活。究竟從我體內發出的聲音是自己真正的聲音，抑或是雙耳聽見的才是真正的聲音呢？

重要的是，就算不想接受任何評價，有時也得接受由外聽見的自己的聲音，可能是自己真正的聲音。其實，這就是指責與評價自己的例子。那聲音聽起來也許有些厭惡和陌生，但那全部都是「我」。而那些指責與評價也是源於我的內心，來自自己的另一面。或許，這才是真正毫無雜質的，完完整整的我。

堅持自己的信念固然是好事，但有時也應回頭檢視自己有沒有錯；換句話說，我們必須具備辨別這聲音是不是自己真正的聲音的開放思維。根據大數法則，人的一生之中，越是聽取更多人的見解，才能越接近自己的真實樣貌。

完整傾聽內心的聲音絕對是正確的選擇，因為這是只有自己才聽得見的聲音。不過，「完整」傾聽自己內心的聲音，並不等於「完全」只聽自己內在的聲音。一旦只完全傾聽自己的內心，而迴避他人眼中的自己時，通常就會被視為封閉的人。這麼做只是故步自封，不會帶來任何成長，反而將自己變成一隻困在井底的青蛙。

我內心對自己的評價，以及外界對自己的評價；我內心想陳述的自己的主張，以及外界與這項主張略有不同的主張。如果過度偏向其中任何一方，就容易偏離平衡點，進而遠離理想狀態。

我做得好嗎？
一切順利嗎？
忽然間才發現，
啊！
應該問，
我過得好嗎？

在忙碌的世界裡感受到的事

1. 讓我感到幸福的事可能會變成讓我最痛苦的事。因此，我有時會害怕自己所擁有的幸福。

2. 小時候總把喜歡的事情放在最優先、討厭的事情放在最後面，但長大後認為應該要先苦後樂。於是，我開始將喜歡的事情往後延，先將討厭的事情處理掉。這樣心情就會輕鬆些。

3. 人是最可怕的。而深深相信那些人的我也很可怕。

4. 越來越容易嫌麻煩。即使知道可能會吃虧，也會因為嫌麻煩而寧願吃虧。就算有什麼想要報復的人，現在也只希望他們自食惡果。如果嫌麻煩是一種病的話，那我已經是末期了。

5. 分享越多幸福，對自己的傷害越大。這是個令人傷心的事實，但實際上就是如此。我決定獨享所有美好的事物。不是因為我很壞，而是因為我怕受傷。

6. 獨自一個人可以做的事太多了，有很多我都還沒享受過。我並不是堅持要獨處，但也不是非得和某個人一起才行。在這個世界上，有很多可以獨自一個人享受的事。

7. 對健康有害的東西全都成了我的朋友。我不知道為什麼能為我帶來慰藉的東西只有這些。雖然知道這些對自己有害，但如果少了它們，我又該如何撐下去呢？

8. 我做得好嗎？一切順利嗎？忽然間才發現，啊！應該問，我過得好嗎？

某處有能讓人振作的話語

大概是我五歲到八歲的那段時期吧，奶奶總是對我說「別太晚回來」。奶奶常用從住家後山摘回來的蘑菇做成炒蘑菇、用從市場買回來的魚板做成魚板湯。這句話就是日落之前，回來吃晚餐的意思。雖然不會常常想起這一切，但我心裡一直記得當時溫暖的情感。就像她所說的，當沒來由的孤獨感席捲而來時，我其實有個可以回去的地方。儘管難以捉摸的痛苦擊潰了我的人生，我也不曾忘記，每個人都有該回去的地方，每個人也都是承諾過會回到某人身邊的人。我們都是和那些地方切不斷關係的人。儘管我們可能沒用地蹲在寒風裡嚎啕大哭，但我們的確都是那樣的人。總是會回到那張有溫度的餐桌，總是會回到某人的懷裡。我們都是某人的殷殷企盼，也受到某人的關懷照顧。我們都是某個地方的溫暖，也屬於某個地方的家庭。我們都是讓某人忍不住操心的心頭肉。

「別太晚回來」。每個人一生之中，總有一句能讓自己振作起來的話。每個人一定都有。請記住這句話，然後好好活下去。

「想去海邊」這句話

每當面對太過艱難的情況，或怎麼樣也找不到解決方法時，我總會說「好想離開」。更具體來說，應該是「好想去海邊」。

有次我問讀者「身心俱疲時，最想做的事是什麼？」得到的答案都是「想去海邊」（而最常做的行為則是「仰望天空」）。莞爾一笑。果然人都是一樣的啊。只要看一看美好與遼闊的事物，心情自然就會豁然開朗。看看一片蔚藍，情緒就會平靜下來；看看美麗的風景，內心就會得到淨化。每個人都默默地知道這個治癒方法。於是，當身邊的人說「想去海邊」時，我便會試著問問「你發生什麼事了嗎？」當身邊的人呆呆地仰望天空時，我也會試著問問「你是不是有什麼煩惱？」

然而，諷刺的是，即使去了海邊、仰望了天空，一切也不會出現任何改變。因為事情不順利，內心感到憤恨與鬱悶，所以去海邊走走、放空地望一望天，但其實這無法造成實質上的改變。那些無法順利解決的事，不可能突然就迎刃而解。不過，很奇怪的是，這麼做心情會變得舒坦，這種舒坦的感覺讓我重新獲得了向前走的力量。

為什麼明明沒什麼實質上的改變，卻還是變得沒事了呢？為什麼明明知道不會改善任何事，卻還是想要去一趟海邊呢？我仔細思考著。或許是大海與天空之類的東西，能為我們帶來些許啟發。我指的不是大自然是擁有神力般的存在，而是開闊的美景、清新的空氣、涼爽的風、毫無阻礙的空間、高大與浩瀚的一切，以及截然不同的溫度……當面對這些時，我們對某事的渴望會變得溫和一些，沉悶的思緒也會被喚醒。

從「我必須要做到」的壓力，轉化成「我有可能做不到」的接受。從「在如此浩瀚、高聳的一切底下，我的煩憂不過是渺小到不行的塵埃」的想法中獲得寬慰。抱持「無論過去發生了什麼，我都走過來了，未來也會以某種方式自然前進」的心態。這些道理我們早就明白，只是在生活中被遺忘了。讓自己暫時從「能做到」、「必須做得到」、「一定要好好表現」的執念之中清醒過來吧。

我從廣闊的大自然中懂了一件事：我承認自己其實有點脆弱、有點平凡、有點渺小。

當身邊的人說想去海邊，或是經常仰望天空時，意味著他們已經被某種壓力逼到了牆角。我也是如此。「我想變脆弱」、「我想承認我不夠好」、「我想擺脫一切」，在某種程度迫切地這麼認為。

就算沒有直接表達「我很累」、「真的受不了了」，我們也應該要體察到。然後去照顧一下那個疲憊不已的人，或是自己。因為這個人已經走投無路到想要逃跑了，因為這個人已經徹底無力到提不起一點勁了。

「啊……真想去看看海，一下子也好。」

4

關於愛，與離別

不夠好的我，
鼓起勇氣，
走向你。

不夠好的你，
鼓起勇氣，
走向我。

當一顆不成熟的心與另一顆不成熟的心相遇

明知道把自己的心交給某人，會讓自己變得痛苦，我卻是個只因為「冬天的風好冷」就把心託付出去的，不成熟的人。將心交出去後，自己變得空洞，只能透過為某人的話語和行為賦予意義，來填補空洞。

明知道自己總是因此受傷，卻依然熬不過孤獨與思念而走向了某人。瞬間遺忘了自己一直以來的傷痛，無可救藥地再次被某人所吸引。即便這一切終將使我痛苦，即便這一切終將使我成為悲慘的人。今天的我，同樣又在躊躇過後，朝著某人而去，交出了我的心。

或許，正是這些不成熟與不成熟的相遇，交織成了愛情。

「我要成為好人，讓好人能夠來到我身邊」，這句話似乎不太適合我。向這樣的我伸出手的你，也是一樣。我們對某人而言，永遠都是不夠好的人。總有些地方不足，有點急躁、刻薄，有時甚至像一根刺。

只是，那又如何？不夠好的我，鼓起勇氣，走向你；不夠好的你，鼓起勇氣，走向我。遍體鱗傷的我將心託付給你，滿身瘡痍的你接受了我。儘管我們的相遇離完美還很遠，卻讓我們彼此靠近了。

總有一天將會相遇、曾經相遇、正在相遇的，我愛的人啊。愛情，是不成熟的心與不成熟的心的相遇，是不完整的心與不完整的心的牽引。即使不完好，即使重複傷痛，即使無法完全填補，也絕口不提結束。即使受到嘲諷，即使不被認可，我們的故事終究唯有你和我才能夠延續。我所認知的愛向來都是如此，愛無法只用幸福和完美來形容。

我愛的人啊，儘管這是不成熟的心與不成熟的心的相遇，但我們願意走向彼此，就表示我們對彼此來說已經是夠好的人了吧？光憑這一點，或許已經足夠證明你我對彼此來說，都是夠好的人了。

希望曾為愛受傷的你，能遇到這樣的人

當你付出時間與金錢時，我希望你會遇見一個能真心感謝你寶貴心意的人，而不是斤斤計較著只有自己付出的心意才比較高貴的人。

我希望你能遇見一個就算面對微不足道的事，也總是不吝於表達的人。像是「謝謝」、「我很想你」、「你吃了什麼？」、「今天的天空很美」。即使不是一整天都如此，我希望你能和不想錯過與你分享任何瑣事的人在一起。因為，這正是對方一直把你放在心上的證據。

我希望你能遇見一個樂於用美好的話語為你點綴生活的人。不是隨口說說的甜言蜜語，而是發自內心的真情流露。讓你聽了覺得溫暖，縱使相隔再遠也感覺彼此就在身邊。美好的話語源於美好的心靈，這種人的內心一定也很正直。

最重要的是，我希望你能遇見就算沒那麼契合，也不會覺得不自在的人，而不是完全契合你的人。如此一來，才會經常想方設法讓彼此變得越來越契合。而源於這份心思的愛，就能變得更深刻、扎實。

我希望曾經為了愛情而痛苦的你，一定要遇見這樣的人。

真的是個好人的證據

1. 從不輕忽細微的心意，也從不將別人的關心視為理所當然的人。
2. 不會讓人苦苦等待，留下餘韻悠長情份的人。
3. 不僅能說出真誠的安慰話語，更懂得透過真心的傾聽給予慰藉的大器的人。
4. 無論現在多麼幸福，也不會忘記曾與自己患難與共的人。
5. 即使有時變得疏遠，也總是主動提起勇氣縮短彼此距離的人。
6. 不是因為需要我才喜歡我，而是因為喜歡我才需要我的人。
7. 相處時，展現出真實樣貌，而不是戴著假面具的人。彼此的關係讓人感到自在，這種舒適感不是敷衍或習慣，而是被珍藏般銘記於心。

名為「我們」的圖形

有角的圖形，會以角的數量命名。因此當然不會有兩角形，至少得要三個角，才能構成有角的圖形。三角形、四角形、五角形、六角形……啊，這樣下去沒完沒了。姑且將其他更多角的圖形一概稱為「多角形」吧。

你和我現在變成了什麼圖形呢？當然沒有兩角形。換句話說，只有你和我很難構成圖形。因此，姑且再加入一個尖銳的角吧。

「相遇」角、「承諾」角，以及「理解」角。再加一個、再加一個……儘管越多角越容易讓彼此受傷，但你我和這些角，最終會組成一個空間，構成一個圖形。隨著角的數量變多，逐漸變寬的角會將原本的尖銳變得柔和。

一開始是三角形，後來變成四角形、五角形、六角形……啊，這樣下去沒完沒了。姑且將這樣的空間與邊邊角角取名為「我們」吧。

那種舒適感，
不是敷衍或習慣，
而是被視作珍藏般，
銘記於心。

所謂愛，就像呼吸一樣

當我問起「你相不相信看不見的東西？」

他回答「有時會相信。」

於是，我又問起「你認為感情可以定義嗎？」

這次的答案是「看一眼就知道了。」

於是，當我問起「愛是什麼」時，彷彿洞悉一切的他答道：

「愛，大概就像呼吸一樣吧。」

我以為他要說「像呼吸一樣，失去了就活不下去」、「讓我得以活下去」之類淺顯的話。然而，他接下來說的話，讓我瞬間無法呼吸。

「愛，大概就像呼吸一樣吧。一旦意識到呼吸這件事，呼吸就會開始變得不自然。當人在意識到愛的時候，愛也會開始變得不自然。」

原本呼吸順暢的我，忽然變得上氣不接下氣，甚至想要趕快接受人工呼吸。我緊閉雙眼，試圖奪走他的氣息。空氣有些渾濁，但是除了這裡無處可以呼吸。

寫封信向所愛的人傳達心意

1. 我們之間不會只有快樂的事，未來勢必會出現許多阻礙。但是，等一切都過去後，這些都會成為我們的寶貴回憶。所以，讓我們一起克服這一切吧，將我們在一起的所有時光，都看作寶貴的回憶。

2. 當你感到焦慮不安時，我會變得更焦慮不安。當你傷心了一整天時，我會持續擔心你好幾天。無論是你或我，都依賴著彼此。你總是會影響我的心情和生活。然而，當我動搖時，能一把抓住我，並給予我穩定力量的人，也是你。你也是這樣的吧？我希望我們都能永遠記住這件事。

3. 我們對彼此的期待會越來越多。從互相配合著彼此的不契合、一來一往的刺耳話語，都能看得出端倪。這種時候，我們一起努力嘗試別只顧著摀住雙耳、把對方說的話當作嘮叨，而是將其視為甜言蜜語，側耳傾聽。雖然未必每次都能這麼想，但不妨把這些話語當成是為了長久在一起的必需品吧。

4.
我們說好要一起去旅行，卻經常因為忙碌，連日期都無法決定就不了了之。我好想和你一起去旅行。當思緒紊亂、不從容的時候，我們就一起擠出時間去旅行吧。去一個可以什麼都不用想的地方，只要想著我們就好，然後一起找回內心的平靜。我們一定要一起去喔。

5.
無論你過去發生過什麼事、無論聽到了什麼傳聞、無論你對於現在做的一切是否有把握，我都相信你。我相信你這個人，也相信你的行為。在這個連自己都很難相信的世界，或許這就是我在你身邊最有價值的理由。我相信你，所以不要擔心。你身邊還有我。

6.
即使生了氣，我總是一轉身就想你。就算吵架次數變多，我們也不是真的討厭彼此。愛的表達方式本來就不是只有甜甜蜜蜜。我願意用充滿愛的心來理解這一切，希望我們能永遠在一起。

適合相愛的季節

據說，人容易在類似自己出生的季節墜入愛河。儘管不是經由縝密的統計數據計算出來的結果，但對我來說倒真是如此。因此，就算不是真的，我也打算相信這件事。所有生物都有歸巢本能，那麼人類是否也有愛的本能呢？這是一個非常可愛的故事。帶著某人的愛而誕生的人，知道自己將在何時墜入愛河。我是四月生，你是五月生，而我們在九月相愛了。儘管周圍高樓大廈林立，生活繁忙導致人際疏離，其中依然充滿著浪漫。就在這些日子裡，花開了，我們相愛了，而且還多了一個像樣的理由。

我們在不熱也不冷的季節裡誕生，又在不熱也不冷的季節裡相愛。關於人傾向在自己出生的季節戀愛一事，雖然我明白這不是事實，但我們確實是在那樣的季節誕生，而後又在那樣的季節相愛，所以這是一個很好的藉口。不知不覺間，我們都對這浪漫的藉口深信不疑。

與其說對不起，不如說謝謝你

「做不到～，所以對不起。」

「只能做到～，所以對不起。」

「做了～，所以對不起」

我們經常為了某些事重複說著「對不起」，但其實只需要真心說一次就足夠了。我們重視的那個人期望看到的，並不是我們不斷道歉或畏畏縮縮的模樣。因此，如果已經充分表達了歉意，不妨帶著歉疚的心說出感激的話語。

「雖然做不到～，但謝謝你陪在我身邊。」

「謝謝你願意喜歡只能做到～的我。」

「就算我做了～，謝謝你還是選擇相信我。」

請試著表達更多謝意，而不是歉意。「謝謝你事到如今仍一直陪著我」、「謝謝你願意相信我」。真正重要的不是說多少次對不起，而是透過行動來展現。如果對方真的是重視你的人，他會希望你溫暖地擁抱他，並說聲謝謝，而不是低頭道歉。對方期盼的是說著「謝謝」的你握起他的手，展現自己值得信賴的模樣。

愛就是將對方置於自己之前

我曾夢想成為作家，那是很久以前的事了。我對某個人這麼說：「如果有一天印著我的名字的書出版了，我會最先送一本給你。」希望能在我自己之前，更快讓你看到。儘管愛的面貌有千萬種，但對我而言，所謂的愛就是將對方置於自己之前的念頭。印著自己名字出版的書是我畢生的願望，但我決定把這個願望讓給你。我真的極度渴望這件事，但你比這件事來得更優先。無論多麼微不足道的愛，有可能不存在任何犧牲嗎？將對方置於自己之前的愚蠢卻寶貴的念頭，從某種意義上來說，或許就是真正的愛。

想要留在身邊的人

1. 因為了解彼此的痛處而能減少傷害發生的人；能完全坦露自己弱點的人。
2. 不僅能在不順遂時給予安慰，在一切順利時也能發自真心祝賀的人。
3. 就算因為埋怨彼此而吵架，也絕對不會討厭對方的人；與其說因爲討厭對方而吵架，不如說是因爲喜歡才吵架的人；吵架過後，變得更加親密的人。
4. 能坦率表達情緒的人；不會隱忍負面情緒，然後一次爆發的人。
5. 懂得尊重彼此周圍人的人；主動認識與理解周圍人的人。
6. 讓我變得喜歡自己的人；不只是表面上的支持，而是發自內心的鼓勵，使我能相信自己的那種溫暖貼心的人。

當我展現真心的瞬間，
出現了能給我最溫暖擁抱的人，
以及，
最讓我痛不欲生的人。

♥

他說不知道從哪裡聽過這樣的話：「心型凹陷的地方，代表愛可以溫暖擁抱他人；至於凸出的尖角，則是代表愛可能會帶來傷痛。」是啊，心形不就是人心的形象化嗎？所以當我展現真心的瞬間，就出現了能給我最溫暖擁抱的人，以及最讓我痛不欲生的人。

他曾經這麼說過，一定要教懂我這件事。

是命運嗎？

「聽說，只要在蜂蜜裡加一點水後搖一搖，它就會呈現蜂巢的形狀。」

「喔，我也有看到那個。關於蜂蜜在遺傳上會記住蜂巢形狀的說法。」

「蜂蜜會變成蜂巢形狀固然很神奇，但你不覺得創造出『遺傳記憶』這種故事的人類才更神奇嗎？」

「對啊，聽起來很荒謬。像蜂蜜這種無生物，怎麼可能有遺傳數據？」

「人類似乎有種把偶然當作命運的習慣，就像蜜蜂會基於本能去採花蜜進行繁殖一樣，這種習慣也是人類的本能。」

「簡單來說，不就是想要相信命運嗎？當在蜂蜜裡加水搖晃後，偶然出現了蜂巢的形狀，這時用『蜂蜜在遺傳上會記住蜂巢的形狀』來解釋這魔法般的現象，就會顯得神祕且不可思議，彷彿是一種命中注定。」

「沒錯。所有無法解釋的情況，不管是偶然發生的單一事件或連續事件，只要說是『命運』，好像一切就能被欣然接受。偶然發生的事，就只是偶然。我不認為在人生抉擇中，存在什麼原本就注定好的命運。你相信命運嗎？我是……不相信啦。至少在人際關係上是如此。當然了，該認識的人自然會認識、該留下的會留下、該離開的會離開。只是，隨時介入我們之間的無數情況也會不停造成影響和改變。無論再怎麼努力創造與尋找，我們認為的『命運』真的存在嗎？當我們將命運認知為命運的瞬間，它似乎就不再是命運了啊……。」

她又接著說道：

「『蜂蜜在遺傳上會記住蜂巢的形狀』，雖然這聽起來就像是命運，但根本一點也不浪漫或神祕啊！這樣講會不會還比較像命運：『蜂蜜以一種無法解釋的原因，描繪出蜂巢的形狀。』雖然這樣的解釋聽起來很普通，卻更像命運。這不才真的是我們說的命運嗎？不是由人所創造、意識或預測到，卻自然而然發生了。命運就是這樣難以置信和無法捉摸，沒有明確的系統，因此我們無法了解它。一旦意識到它，它可能會崩塌；再試圖去理解它，它會變得虛無。它與真實稍有距離。最終，沒有人能真正理解命運。」

蜂蜜以一種無法解釋的原因，描繪出與蜂巢的形狀。

蜂蜜以一種無法解釋的原因，描繪出與蜂巢的形狀。

也就是說，它們之間有著莫名的關聯，奇妙地形成這樣的形狀。

反覆思量，我雖然相信命運，卻也無法完全相信。這似乎是個看似錯誤但又正確的故事。這篇文章的命運，莫名其妙就變成了這個模樣。

期望的幸福不同

「我希望你能幸福。」

當一個人祝福另一個人幸福時，有兩種涵義。

第一種涵義是期望「我想在你身邊給你幸福」，

第二種涵義是「就算我不在你身邊，你也一定要幸福」。

我的愛情大多會在我為某人祝福的時候出差錯。不，應該是說，當我開始盼著某人能幸福的時候才終於明白——我們期望的幸福根本是兩回事。

當我盼著某人能幸福時，內心期望的是「我希望你在我身邊會很幸福」，但對方卻不是如此。對方想的大概是「就算我不在你身邊，你也一定要幸福」吧。

回想起來，我現在反而覺得很對不起當時那個無情離開的人。我對當時沒有祝福拋棄了自己的那個人感到遺憾。原來，我一直期望對方只有在我身邊時才能幸福。多麼自私的想法。雖然被拋下的人是我，但或許對方才是真正成熟的人。原來，我直到最後都是個小心眼的人。我不斷後悔著。

我不知道正在讀著這段文字的你的愛情是如何。不，應該說我不知道你的分手是如何。如果你是愛得比較多的一方，或許就是第一種涵義；如果你愛得少一些，那麼就是第二種涵義。過去面對愛情與分手的我，總會斷定自己是被害者，但現在我才明白根本沒辦法去釐清究竟誰比較痛苦。面對分手，雙方既是被害者也是加害者。各自都得承受以「我們」之名構成的同等悲傷，再面對以「陌生人」之名衍生的另一種痛苦。曾經望著相同方向的我們，如今期望的幸福卻變得不一樣了。這讓人難以承受。

我反覆思考著「祝你幸福」這句話。無比美好的話語，卻在剎那間化作無比遺憾。彼此說著同一句話，卻蘊含了不同意義。彼此盼望的幸福變得不一樣了。或許，這就是分手的本質。

雖然僅憑這樣就要分手，顯得有些無稽，但若情況已經變成這樣，那已不能稱之為愛。唯有彼此看著相同的方向、夢想著相同的幸福，才是愛啊。倘若不是的話，那就是近乎同情的情感，而非愛。

讓他幸福的不是我

讓他幸福的不是我，而是他那愛著我的心。當時溫暖擁抱他的不是我付出的情感，而是他為我付出的情感。儘管他說自己的幸福是因為我，實際上功勞並不在我。是他為我付出的愛像迴力鏢一樣反彈，才讓他感到幸福。

而我愛的，不過是他愛著我的那份情感罷了。或許是察覺到了這一點，鍥而不捨愛著我的他，在不知不覺中讓我感到疲憊。

終於有一天，我不得不摧毀我們的幸福。我認為這是錯誤的幸福，也希望我們從此可以獲得真正的幸福。我逃跑了，重複著這個藉口。

人啊，經常會疑惑究竟什麼能使自己幸福。

儘管有時在後來才明白「原來那是愛」，但在某些時候，我也領悟到「或許那不是愛」。

或許，那真的不是愛。

問題在於心

如果有心，就算得走上五個小時，依然有人會不顧一切地向前行；如果無心，就算搭車十分鐘就能抵達的地方，依然有人會搬出千百種藉口不願意去。儘管前一天因為晚睡而晚起了，依然有人願意去追尋有興趣的東西；若是沒興趣的東西，就算早起有三小時的空閒也不會去追尋。為什麼只有你不知道？縱使置身戰火之中，生活艱難的狀況，只要相愛，依然有人願意緊擁著彼此死去。或許說得有點極端了，但問題終究在於心。藉口可以有很多，只是，問題終究在於心。你不過是被某個人拒絕罷了。若這狀況一直持續，那就不要再把一切合理化和痛苦下去了。如果沒辦法放手的話，不妨稍微疏遠對方一些。真的沒辦法放手的話，那就接受並痛苦吧。多麼悲傷的事啊，原本以為自己不會被如此對待。明白了嗎？問題終究在於心。人心，才是問題所在。

終究，
問題在於心。
人心，
才是問題所在。

真正的寂寞

獨自一個人時出現的寂寞感，並不是真正的寂寞。嚴格來說，這種情緒比較接近孤單。所謂的寂寞，是與人在一起時也像只有自己一個人；而後逐漸習慣這種感覺，最後對於獨自一人感到痲木，這才是真正的寂寞。寂寞，源於兩顆心的距離，而不是實際上的距離。當兩顆心的距離無法再縮小時，寂寞就會從那縫隙間滲出。即使兩個人在一起，也感覺像是只有一個人。尤其在對方對此渾然不知時，以及彼此間似乎存在著什麼阻礙而無法再拉近距離時。雖然我們因為不想寂寞而靠近彼此，換來的卻是怎麼也無法成為一體的空虛感。這就是我感受到的，真正的寂寞。

經歷愛情失敗的你，要不要試試這樣去愛？

1. **不要對愛情與關心過度痴狂**

一旦被愛情與關心蒙蔽了雙眼，就會在愛情中感覺到自己突然消失了。請記住，為了兩人的圓滿愛情，需要調整一下自己滿溢的情感。

2. **將冷靜的建議轉換成溫暖的關心**

當對方有煩惱或憂慮時，盡量避免給出針對該情況的冷靜建議。即使與自己的想法存在差異，不妨先試著說句「真是辛苦你了」，讓對方感覺到被理解與被關心。冷靜客觀的建議之後再提出就好。

3. **以「人」而非異性的身分去接近對方**

散發異性魅力固然重要，但在真正的愛情面前，「人」的魅力更重要。

如果懂得以「人」的出發點去愛、去喜歡、給予安全感，往往就不太會錯過真愛。

4. 不求獲得，透過放棄成就愛情

不停想要從愛情中來滿足自己，只會讓對方感受到強烈的情感消耗。請記住，放棄得到回報，才是愛情的本質。

5. 留心觀察對方討厭的東西

當有了喜歡的對象時，經常都會聚焦於對方的喜好上，但不妨也稍微關注一下對方討厭的東西吧。因為，比起被善待的那一百次，人更容易記住引起自己反感的那一次。

6.
注意細微的小事

試著仔細關注一下平常覺得微不足道的小事吧。除了貴重的心意之外，對方其實更能從你細微的關心之中，感受到滿滿的幸福。

愛情不僅是無條件的關心，掌握細微的情感才更重要。不僅是外在，也要好好培養自己的內在。如果能給予彼此真摯的照顧和慰藉，或許就能遇到真愛。

我做過最狠毒的事

當大家下班後想著該怎麼運用這段時間的時候，我卻在想著下班後該如何拋棄這段時間。當大家休假時考慮該怎麼度過假期的時候，我卻在想著該如何拋棄這個假期。這樣做才能讓自己好好呼吸。

我不僅要忍受沒有你之後的生活，還要放下現在的一切。如果不拋棄這一切，對你深深的思念幾乎就要把我壓垮了。所謂的分手就是拋棄。拋棄自己的感情，拋棄關於你的念頭、與你有關的記憶、與你一起的回憶。在拋下了關於你的一切之後，我也得拋棄曾經深愛你的自己。

被殘忍拋棄的我，必須也拋棄一些東西才能繼續活著，這是我做過最狠毒的事。我被你拋棄了，被我們拋棄了，也被我自己拋棄了。

你永遠是唯一，我永遠是之一

「我只是你的一部分」，這讓我感到失落。那種感覺大概就像我只是收錄在你人生篇章中的附錄，而你卻完整收錄在我的人生篇章中一樣。這種可有可無，讓人感到失落。不，比起失落，那種感覺更接近絕望。即使我奉獻了一切，也只能成為你的一部分；你只是遞出自己的一部分，卻足以成為我的全部。雖然沒有精確的數值能夠定義感情，但我明白——你永遠是唯一，我永遠是之一。這是無從修補的絕望。

與深愛的人分手後，
最悲傷的事，
就是害怕再次去愛。

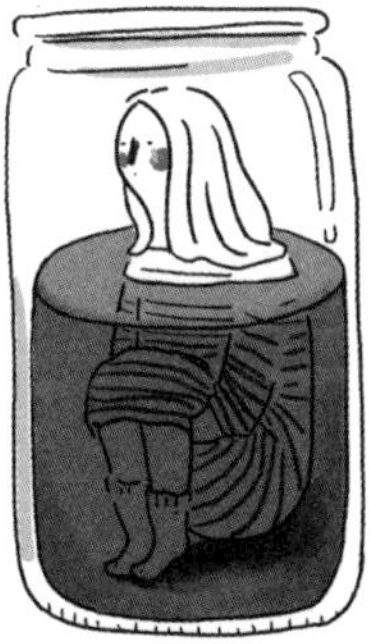

彼此的最後模樣

看著深愛的人的最後模樣，有點類似拍照。在按下快門時，雙眼強忍住淚水，拍下那幅悲傷的畫面，眼淚不受控制地滑落。那一刻，難以忘懷的感情在心底被沖印成像。經過好久以後，才有辦法稍微淡忘。直到它變成無數照片的其中一張時，便再也想不起它被掩蓋在什麼地方，繼續過著生活。

過去聽到被分手的故事時，我都覺得說故事的人很可憐。但我現在懂了，其實，兩個人都好可憐。一場愛情的結束，任誰都一樣痛苦與悲傷。無論是提分手的人，或是被分手的人。於是，在那個心碎的瞬間，我們將彼此的最後模樣當作拍攝對象。

喀擦一聲按下快門。

我們必須留意在最後時留下的模樣。誠實面對自己的感情，並且謹言慎行。在愛情面前不該存在謊言，更不該用不堪入耳的話劃下句點。不要假裝為對方著想，也不要留下無謂的轉圜餘地。因為面對離別的時候，無論是分手或被分手，每個人都會被留下最後的模樣。

喀擦一聲按下快門。

也許有人會覺得反正從今以後就是陌生人了，誰在乎最後是怎樣，這意味著這個人仍是不完全明白愛情的人。畢竟要到最後的模樣逐漸褪色後，才是真正的分手啊。也就是說，即使表面上分手了，彼此之間仍需經歷一段長久的分離過程。就算今後不再見面了，也需要經歷一段漫長的時間，內心深處才能慢慢送走對方最後的模樣。

這麼看來，雖然我們的愛現在結束了，彼此最後的模樣仍會長存在我們心中一段時間。

因此，如果真的愛過，請務必留意最後的模樣。誰也別讓誰覺得過去的感情都是徒勞。就算分手了，也要讓彼此感受到我們真的相愛過，真的全心全意付出過。

分手後最悲傷的事

1. 世界上唯一會深情呼喚我名字的人消失了。
2. 對方連細微小事都要賦予意義的可愛言行，最終都變得毫無意義。
3. 已記不清遇見對方以前的自己了，卻要在一瞬間回到那時候的自己。
4. 害怕再次去愛，害怕再次給予和接受愛。
5. 全世界似乎都記得我們，無論我怎麼努力抹去，與對方的回憶仍不斷在眼前浮現，在耳邊迴響，絲毫沒有從這個世界消失。
6. 開始否定自己曾經相信過的愛情，懷疑那根本不是愛。無論這一切是不是真的，都已經汙染了曾經想要珍藏這段關係的心。
7. 感覺只有自己痛苦了很久，希望對方能比自己痛苦得更久。每當這種時候，都覺得自己好可悲。

即使已經毫無意義，卻也變得珍貴

當和朋友去海邊度過愉快的時光時，我想起一個回憶：你曾要我從海邊帶一顆漂亮的鵝卵石回來給你，這個純真的願望；以及我為了挑一顆精緻的鵝卵石給你，而翻遍海邊各種小石頭，那個單純的自己。在無數石頭之中，我找到了一顆有著碧綠光澤的透明石頭，心想著這說不定是某種寶石，於是將它拾起好好地收進口袋。然而，整趟旅程結束後，才驚覺石頭不知道掉在哪裡，消失不見了。最遺憾的是，我竟然在把它送給你之前就弄丟了。我在你面前哭喪著臉，叨念著「那顆石頭真的很漂亮，可能是什麼寶石。」你望著因為弄丟石頭而歉疚不已的我說道：

「你玩得開心嗎？我無所謂啦。那顆石頭可能本來就屬於那個地方，下次我們再一起去找找看吧。」

一心想著要給你整片海洋的我，愧疚著自己能給你的只有那顆小小的石頭。結果卻連這件小事都做不到。那顆鵝卵石真的很漂亮呢。

幾天前，我打算丟掉一個舊包包，拉開拉鍊將裡面的東西倒出來時，當時那顆沒送出去的鵝卵石咚地一聲掉了出來。那時明明怎麼找也找不到的……現在竟然突然出現了？人生啊，真的是奇妙莫測。這顆石頭……現在已經沒人可以炫耀，也沒人可以送了，只好先擺在桌上。媽媽看見了問我這是什麼？我說這是以前在海邊撿到的，不知道是不是寶石才一直留著。結果媽媽笑說那只是玻璃碎片，被海水磨了又磨後，才變得像鵝卵石一樣。

噗哧一笑。本來以為有多特別，原來什麼也不是。本來想要送給你的……本來想要把最漂亮的東西送給你，才那麼用心找到的東西，卻只是廢棄的玻璃碎片。

我至今仍沒有丟掉那個玻璃碎片。為了不再弄丟，我把它擺在顯眼的位置，偶爾確認一下它還在不在。雖然一文不值，但只要想到那是我沒能給你的心意，就覺得它有著無法衡量的價值。

是啊，其實已經毫無意義了。可是，你知道嗎？就算到頭來毫無意義，有些東西卻也變得珍貴。起初以為是寶石，結果只是碎玻璃，這種事情總會發生在我們的人生中。就像是你和我一樣啊……雖然已經沒有意義了，卻也成了珍貴的東西，對我來說有著無法抹滅的價值。是啊，這個東西就像你和我，就算到頭來已毫無意義，卻變得珍貴，所以我才一直丟不掉。即使媽媽總說萬一掉下來碎掉會很危險，叫我趕快丟掉，但我會小心不讓它碎掉，會一直好好收藏著。假如當時我把它送給你了，你一定也會和我抱持同樣的想法吧。

為什麼分手了？

這種問題實在太令人厭煩了。分手的原因，只有愛或不愛而已。除此之外，沒有別的了。與其說為什麼分手，不如說是怎麼分手的？我們交往的期間，平淡得幾乎沒有色彩，不過也是很真摯。到了最後的時候，他說我們都不要丟掉送給對方的禮物，像是情侶對戒、照片、衣服和信。我沒有問原因。因為我很清楚，那些都是當時的我們曾經能給對方的最溫暖心意。我提議，等下一次愛情來的時候，也就是該把這一切丟掉的時候，就把這些東西寄給對方吧。他同樣沒有問原因。因為他很清楚，那些禮物帶來的溫暖，是該在事過境遷後放手回歸原位。我們在巷弄的轉角，凝視著彼此的影子。明知道彼此都走不了，卻無法抬頭看一看對方的臉龐。不過是須臾之間，感覺卻比我們相識至今的時間都更漫長。就這樣過了一段時間，我默默許下「拜託一定要讓我先收到包裹」的願望。

有些人就算下定決心分手，卻還是反覆經歷無數次一樣的過程。只是，現在回想起最後的時刻，感覺很平淡。嗯……直到經過了好久仍沒有收到包裹的我，其實心很痛。還沒找到新的愛情嗎？或是，已經完全忘記我了？這些想法不斷湧現。難道……我還在留戀？不，我已經不再愛他了，也不會感到不捨了。只是，我們之間有一種類似友情的東西，希望對方能比自己過得更快樂。僅此而已。啊……也許他已經忘記我，過著新生活了吧？如果他因為過得太幸福，幸福到忘了我……這也是一個讓人痛苦的事實。因此，不論從什麼意義上來看，沒出現的包裹依然時不時帶給我傷害。

這真的不是愛情，只是……還留有像是友情之類的東西才會這樣。真的僅此而已。

在遇見你之前的我

我們有著一段很長時間的戀愛，期間分分合合了不少次。烏雲密布的日子比風和日麗的日子還要多。在戀愛長跑中，我們的關係隨著時間變得老舊。因為太老舊了，變成一種習慣，然後開始厭倦。在那樣的厭倦之中，我再也記不起遇見你之前的我。那種感覺比較接近「害怕分手」，而不是「愛」。遇見你之前的我，感覺就像是上輩子的人。關於遇見你之前的我，究竟過著什麼樣的生活、喜歡些什麼、擁有什麼樣的價值觀，無論如何都無法回想起來。將我們的相遇連結在一起的，並不是錐心刺骨的愛，而是強烈的恐懼吧。在我們之前的我，彷彿迷路了。時不時籠罩在無法記起自己原有樣貌的恐懼之中的我，無法克服恐懼，才一直與你在一起。

你過得好嗎？應該過得很好吧？我希望你過得很好。

也許在遇見你之前的我，過得比我想像的要好。從今以後，我的人生也會在沒有了你的日子裡，重新回到正軌。而沒有了我的你，希望你能過得比我更安然無恙。請原諒想要從這長長的夢裡醒來的，幼稚的我。我們都在沒有任何痲醉的狀態下，經歷了一場痛苦的離別，辛苦了。

終章

致疲憊到無法言喻的你的辛苦；致悲傷、痛苦到無法言喻的你的傷痕累累；致心裡很清楚卻怎麼也無法袒露的你的各種情緒。

即使我的文字無法解決這一切，但我今天也依然寫著。無論這些文字能不能有幫助，但我會繼續寫著。即使從你翻開這本書到闔上這本書的那一刻，你的未來並不會出現任何改變，最終這本書還是出版了，只為了能讓你讀一讀。

因此，我相信它不會毫無意義。我對此堅信不疑。我們的人生終究會在書寫與閱讀的過程中，撫慰彼此。我希望我盡力書寫的文字，能為你表達那些無法表達的情緒。如果能為你往後的人生帶來一絲慰藉與同理，那就足夠了。

散落在天涯海角的人啊，我們可能在某地相遇過，或可能只是擦肩而過。即使這樣的我們無法互相認出彼此，但寫著的我，與讀著的你，也依然互相支持著。我們就這樣為彼此存在著。

雖然這解決不了任何事，但光是我們支持著彼此，也足夠讓我們的內心更安定了吧。因此，就算我們今天沒能解決什麼問題，就算不會出現任何改變，也已經足夠了。

讀著我提筆寫下的這一切，反覆咀嚼著無法言喻的各種情緒的你，辛苦了。邊寫作邊赤裸裸地掏出自己情緒的我，也辛苦了。我們就這樣理解著彼此的辛苦，也擁抱著彼此。因此，即使我們這輩子都無法認識彼此，往後依然有著無數個互相扶持的日子。即使我們今天沒什麼成就，但有一天我們可能會一起實現。即使我們有做不到的事情，但只要互相扶持似乎就能做到。我會永遠記住這一點。

因此，最後我想再說一次。我們過去做得夠好了，現在也做得很好，一切終將會更好。

國家圖書館出版品預行編目 (CIP) 資料

你做得很好了 , 一切終將會更好：韓國療癒散文作家給你的暖心慰藉 / 鄭榮旭著 ; 王品涵譯 . -- 初版 . -- 臺北市 : 遠流出版事業股份有限公司 , 2024.02
面 ; 公分
ISBN 978-626-361-425-3(平裝)

862.6 112020779

你做得很好了，一切終將會更好：
韓國療癒散文作家給你的暖心慰藉

作者／鄭榮旭
譯者／王品涵
主編／周明怡
內頁插圖／ Dinner Illustration
封面設計／ Dinner Illustration
內頁排版／菩薩蠻電腦科技有限公司

發行人／王榮文
出版發行／遠流出版事業股份有限公司
104005 台北市中山北路一段 11 號 13 樓
郵撥／ 0189456-1
電話／ (02)2571-0297　傳真／ (02)2571-0197
著作權顧問／蕭雄淋律師

2024 年 2 月 1 日　初版一刷
售價新臺幣 380 元（缺頁或破損的書，請寄回更換）

http://www.ylib.com
e-mail:ylib@ylib.com

잘했고 잘하고 있고 잘 될 것이다